Kurt Vonnegut

Armagedom em retrospecto

E outros textos novos e inéditos sobre guerra e paz

Introdução de Mark Vonnegut

Tradução de Cássia Zanon

Título original: *Armageddon in Retrospect*

Tradução: Cássia Zanon
Preparação: Marianne Scholze
Revisão: Bianca Pasqualini e Patrícia Yurgel
Ilustrações da capa e miolo: Kurt Vonnegut

CIP-Brasil. Catalogação-na-Fonte
Sindicato Nacional dos Editores de Livros, RJ

V913a

Vonnegut, Kurt, 1922-2007
    Armagedom em retrospecto: e outros textos novos e inéditos sobre guerra e paz / Kurt Vonnegut ; [ilustrações do autor]; tradução de Cássia Zanon. – Porto Alegre, RS: L&PM, 2009.
    200p. : il.

    Tradução de: *Armageddon in Retrospect*
    ISBN 978-85-254-1899-9

    1. Vonnegut, Kurt, 1922-2007. 2. Crônica americana. I. Zanon, Cássia. II. Título.

09-1896.   CDD: 818
                           CDU: 821.111(73)-8

© 2008 by The Kurt Vonnegut, Jr., Trust
Introdução © 2008 by Mark Vonnegut
Frontispício e ilustrações das páginas 20, 45, 46, 65, 81, 91, 101, 119, 125, 133, 155, 177, 197 © 2008 by Kurt Vonnegut & Origami Express LLC (www.vonnegut.com).

Todos os direitos desta edição reservados a L&PM Editores
Rua Comendador Coruja 314, loja 9 – Floresta – 90220-180
Porto Alegre – RS – Brasil / Fone: 51.3225.5777 – Fax: 51.3221-5380

PEDIDOS & DEPTO. COMERCIAL: vendas@lpm.com.br
FALE CONOSCO: info@lpm.com.br
www.lpm.com.br

Impresso no Brasil
Inverno de 2009

Sumário

Introdução 7

Kurt Vonnegut,
no Clowes Hall, Indianápolis, 27 de abril de 2007 20
O lamento tomará as ruas 34
Grande Dia 46
Armas antes de manteiga 66
Feliz aniversário, 1951 82
Anime-se 92
A armadilha de unicórnio 102
Soldado desconhecido 120
Pilhagem 126
Só você e eu, Sammy 134
A mesa do comandante 156
Armagedom em retrospecto 178

Lista de ilustrações 198

Introdução

Confio mais no que escrevo, e os outros parecem confiar mais no que escrevo quando pareço mais com alguém de Indianápolis, que é o que sou.

Nós podíamos perfeitamente estar atirando tortas.

Kurt, estimando o efeito do movimento pacifista durante a Guerra do Vietnã.

Escrever era um exercício espiritual para o meu pai, a única coisa em que ele realmente acreditava. Ele queria fazer o que achava certo, mas nunca acreditou que o que escrevia pudesse ter algum efeito sobre o curso dos acontecimentos. Seus modelos eram Jonas, Lincoln, Melville e Twain.

Ele reescrevia, e reescrevia, e reescrevia, resmungando sem parar o que quer que tivesse acabado de escrever, inclinando a cabeça para frente e para trás, gesticulando, mudando o tom e o ritmo das palavras. Então fazia uma pausa, pensava bem e arrancava da máquina a folha em que mal escrevera algo, amassava, jogava fora e começava de novo. Parecia estranho um adulto passar o tempo daquele jeito, mas eu era só uma criança e não sabia de muita coisa.

Ele tinha um mecanismo próprio no que tangia à língua. Aos oitenta e tantos, ainda fazia as cruzadas do *New York Times* rapidamente e à caneta, sem pedir ajuda. Depois que eu lhe disse que o verbo vinha por último, passou a traduzir minha lição de casa de latim imediatamente, sem jamais ter estudado latim. Seus romances, discursos, contos e até mesmo os comentários de sobrecapa eram feitos com muito cuidado. Quem quer que pense que as piadas ou os ensaios de Kurt vinham com facilidade ou eram escritos automaticamente nunca tentou escrever.

Uma de suas piadas preferidas era sobre um sujeito que estava contrabandeando carrinhos de mão. Todos os dias, durante anos e anos, um fiscal da alfândega inspecionava cuidadosamente o carrinho de mão do sujeito.

Até que um dia, quando estava prestes a se aposentar, o fiscal da alfândega perguntou a ele:

– Viramos amigos. Eu inspecionei o seu carrinho de mão todos os dias durante muitos anos. O que é que você está contrabandeando?

– Amigo, eu estou contrabandeando carrinhos de mão.

Kurt achava tanta graça de suas próprias piadas que acabava se contorcendo de tanto rir. Quando isso detonava um ataque de tosse, era um pouco assustador.

Quando reclamei por ter recebido cinqüenta dólares por um artigo que eu passara uma semana escrevendo, ele disse que eu devia levar em conta o que teria me custado um anúncio de duas páginas informando que eu sabia escrever.

Qualquer um que escrevesse ou tentasse escrever era especial para Kurt. E ele queria ajudar. Mais de uma vez o ouvi conversando lenta e atenciosamente com bêbados que davam um jeito de falar com ele ao telefone sobre como fazer uma história ou uma piada, o carrinho de mão, funcionar.

– Quem era?
– Não sei.

Quando escrevia, Kurt estava dando início a uma missão. Ele sabia, porque havia acontecido antes, que, se conseguisse se manter em atividade, poderia esbarrar em algo interessante, que então moldaria e imprimiria a sua marca. Mas por mais vezes que isso tenha acontecido, Kurt não tinha muita autoconfiança. Preocupava-se que cada boa idéia pudesse ser a última e que qualquer sucesso aparente fosse fogo de palha.

Preocupava-se por ter pernas finas e não ser um bom jogador de tênis.

Tinha dificuldade de se permitir ser feliz, mas mal disfarçava a alegria que sentia por escrever bem.

Os períodos mais infelizes de sua vida eram aqueles meses e às vezes um ano inteiro em que não conseguia escrever, em que estava "bloqueado". Tentava de tudo para se desbloquear, mas ficava muito inquieto e desconfiado quando o assunto era psiquiatria. Uma vez deixou escapar, eu tinha vinte e poucos anos, que tinha medo de que a terapia pudesse deixá-lo normal e equilibrado, e que isso terminaria com sua vida de escritor. Tentei convencê-lo de que os psiquiatras estavam longe de serem tão bons assim.

– Se você não consegue escrever com clareza, provavelmente não consegue raciocinar tão bem como acredita – ele me disse.

Se algum dia você achar que o que ele escreveu era descuidado, talvez tenha razão. Mas, só para ter certeza, leia novamente.

Um garotinho chegando à puberdade em Indiana durante a Depressão resolve que quer ser escritor, escritor famoso, e é o que acaba acontecendo. Quais eram as possibilidades de isso acontecer? Ele atirou para todos os lados e desenvolveu uma percepção aguçada sobre o que atingia o alvo.

Quando eu tinha dezesseis anos, ele não conseguiu um emprego de professor de inglês na Faculdade Comunitária de Cape Cod. Minha mãe dizia que ia às livrarias e encomendava os livros dele com um nome falso para que os livros pelo menos estivessem nas lojas e talvez pudessem ser comprados por alguém. Cinco anos depois, ele publicou *Matadouro 5* e assinou um contrato de um milhão de dólares para escrever vários livros. Foi preciso se acostumar com aquilo. Agora, olhando para trás, Kurt ser um escritor de sucesso, famoso até, é o tipo de coisa "óbvia" para a maioria das pessoas. A mim parece algo que poderia facilmente não ter acontecido.

Ele sempre costumava dizer que precisava ser escritor porque não era bom em mais nada. Não era bom como funcionário. Em meados dos anos 1950, foi contratado pela *Sports Illustrated* por um breve período. Compareceu ao trabalho e recebeu a solicitação de escrever um pequeno texto sobre um cavalo de corrida que havia saltado sobre a cerca e tentado fugir. Kurt ficou encarando o papel em branco a manhã inteira e então datilografou "O cavalo saltou sobre a porra da cerca" e saiu, novamente autônomo.

Nunca conheci ninguém com menos interesse em comida. O compulsivo hábito de fumar tinha algo a ver com isso. Quando reclamava que já tinha vivido demais, eu dizia que Deus estava curioso sobre quantos cigarros um ser humano seria capaz de fumar e que Ele não conseguia evitar ficar na expectativa sobre o que Kurt falaria a seguir. O que tornava difícil levá-lo a sério quando dizia que já estava tudo acabado e não tinha mais nada a dizer era o fato de que ele havia começado a dizer isso aos quarenta e poucos anos e, com mais de oitenta, ainda estava surpreendendo e criando coisas boas.

A coisa mais radical e audaciosa a se pensar é que deve haver algum sentido em trabalhar muito, pensar muito, ler muito, escrever muito e tentar ser útil.

Kurt era um escritor que acreditava na magia do processo – tanto no que o processo fazia por ele quanto no que o processo era capaz de fazer pelos leitores. O tempo e a atenção do leitor eram sagrados para ele. Conectava-se com as pessoas em dois níveis viscerais porque sabia que o conteúdo não era tudo na história. Kurt era e é como uma droga que leva a outras, ou como uma calçadeira. Depois que o leitor ultrapassa o primeiro obstáculo, outros escritores se tornam acessíveis.

– Alguém ainda me lê fora das escolas?

* * *

Ele ensinou como histórias eram contadas e ensinou leitores a ler. Seus escritos continuarão fazendo isso durante muito tempo. Ele era e é subversivo, mas não do jeito que as pessoas achavam que ele era. Ele foi o sujeito menos maluco que já conheci. Nada de drogas. Nada de carros velozes.

Ele sempre tentava estar do lado dos anjos. Não achava que a guerra no Iraque iria acontecer até ela acontecer. E isso partiu o seu coração, não porque ele desse a mínima para o Iraque, mas porque amava os Estados Unidos e acreditava que a terra e o povo de Lincoln e Twain encontrariam um jeito de estarem certos. Acreditava, como seus antepassados imigrantes, que os Estados Unidos podiam ser um farol e um paraíso.

Não conseguia deixar de achar que todo aquele dinheiro que gastávamos explodindo coisas e matando gente tão longe, fazendo pessoas de todo o mundo nos odiarem e temerem, seria mais bem gasto em educação pública e bibliotecas. É difícil imaginar que a História não vá provar que ele tinha razão, se é que já não provou.

Ler e escrever são, em si, atos subversivos. O que subvertem é a noção de que as coisas precisam ser como são, de que estamos sozinhos, de que ninguém jamais se sentiu como nos sentimos. O que acontece com as pessoas quando elas lêem Kurt é que as coisas ficam muito mais disponíveis do que imaginavam que fossem. O mundo se torna um lugar um pouco diferente simplesmente porque elas leram um bendito livro. Imagine só.

* * *

É de conhecimento geral que Kurt era depressivo, mas, como muitas coisas que são de conhecimento geral, há boas razões para duvidar disso. Ele não queria ser feliz e dizia muitas coisas deprimentes, mas eu sinceramente não acredito que ele algum dia tenha ficado deprimido.

Ele era como um extrovertido que queria ser introvertido, um cara muito sociável que queria ser solitário, um sujeito de sorte que preferiria ter sido um azarado. Um otimista posando de pessimista, na esperança de que as pessoas prestassem atenção. Foi apenas depois da Guerra do Iraque e no final de sua vida que ele se tornou sinceramente sombrio.

Houve um incidente bizarro e surreal em que ele tomou comprimidos demais e acabou num hospital psiquiátrico, mas nunca se teve a sensação de que estivesse mesmo em perigo. Em apenas um dia, já estava saltitando pela sala de recreação, jogando pingue-pongue e fazendo amizades. Parecia que estava fazendo uma imitação não muito convincente de alguém com uma doença mental.

O psiquiatra do hospital me disse:

– O seu pai está deprimido. Vamos prescrever antidepressivos.

– Está bem, mas ele não parece ter nenhum dos sintomas que estou acostumado a ver em casos de depressão. Ele não está desanimado, não parece triste, ainda está com o raciocínio rápido.

– Ele tentou se matar – disse o psiquiatra.

– Bem, mais ou menos.

De todos os remédios que ele tomou, não havia nada com nível tóxico. Mal apresentava um nível terapêutico de Tylenol.

– Você não acha que devemos prescrever antidepressivos? Precisamos fazer alguma coisa.

– Só achei que devia mencionar que ele não me parece deprimido. É muito difícil dizer como o Kurt está. Não estou dizendo que esteja bem.

A diferença entre os meus fãs e os do Kurt é que os meus fãs sabem que são doentes mentais.

Kurt sabia arremessar melhor do que pegar. Era rotina para ele escrever e dizer coisas provocativas e nem sempre gentis sobre pessoas da família. Aprendemos a superar isso. Kurt era assim mesmo. Mas quando mencionei num texto meu que, desejando ser um pessimista famoso, Kurt talvez pudesse ter invejado Twain e Lincoln por seus filhos mortos, ele ficou furioso.

– Eu só estava tentando atrair leitores. Ninguém além de você vai levar aquilo minimamente a sério.
– Eu sei como as piadas funcionam.
– Eu também.
Clique e clique, desligamos.

– Caso eu venha a morrer, Deus me livre.
De tantos em tantos anos, Kurt me mandava uma carta dizendo o que fazer quando ele morresse. Em todas as vezes, exceto a última, a carta era seguida por um telefonema garantindo que não era um bilhete suicida. Na véspera de me mandar sua última carta "Caso eu venha a morrer", ele terminou o discurso que faria em Indiana para dar início ao ano de Kurt Vonnegut. Duas semanas mais tarde, caiu, bateu a cabeça e soltou de vez seus preciosos parafusos.

Pude estudar esse último discurso muito mais de perto do que a maioria, já que me pediram para ser o orador. Não pude deixar de pensar: "Como em nome de Deus ele se safa dizendo essas baboseiras?". Sua platéia fazia com que o que ele dizia funcionasse. Logo percebi que estava lendo aquelas palavras para um auditório e um mundo absolutamente apaixonados pelo meu pai, que o teriam seguido a qualquer lugar.

"[Sou] tão celibatário como cinqüenta por cento do clero católico romano heterossexual" é uma frase sem significado. "Um tapado [é] um cara que enfia uma dentadura no traseiro e arranca a dentadas os botões dos bancos de trás dos táxis." "Um picareta é alguém que cheira bancos de bicicletas de meninas." Aonde, por Deus, aonde quer chegar o meu querido pai? E então ele dizia algo que atingia o cerne da questão, algo escandaloso e verdadeiro, e as pessoas acreditavam naquilo em parte porque ele tinha acabado de falar em celibato, tapados e picaretas.

"Eu não seria médico por nada. Deve ser o pior trabalho do mundo."

Uma de nossas últimas conversas:
– Com quantos anos você está, Mark?
– Cinqüenta e nove, pai.
– Que velho.
– Pois é, pai.
Eu o amava muito.

Estes textos – a maioria sem data, todos jamais publicados – se sustentam muito bem sozinhos. Não precisam de quaisquer comentários meus. Mesmo que você não ache o conteúdo de algum deles interessante, preste atenção à estrutura, ao ritmo e à escolha das palavras. Se você não aprender sobre ler e escrever com Kurt, talvez devesse estar fazendo outra coisa.

Suas últimas palavras no último discurso que escreveu são uma bela despedida.

Agradeço por sua atenção e caio fora.

Mark Vonnegut
1º de setembro de 2007

FROM:

Pfc. K. Vonnegut, Jr.,
12102964 U. S. Army.

TO:

Kurt Vonnegut,
Williams Creek,
Indianapolis, Indiana.

Dear people:

I'm told that you were probably never informed that I was anything other than "missing in action." Chances are that you also failed to receive any of the letters I wrote from Germany. That leaves me a lot of explaining to do -- in precis:

I've been a prisoner of war since December 19th, 1944, when our division was cut to ribbons by Hitler's last desperate thrust through Luxemburg and Belgium. Seven Fanatical Panzer Divisions hit us and cut us off from the rest of Hodges' First Army. The other American Divisions on our flanks managed to pull out: We were obliged to stay and fight. Bayonets aren't much good against tanks: Our ammunition, food and medical supplies gave out and our casualties out-numbered those who could still fight - so we gave up. The 106th got a Presidential Citation and some British Decoration from Montgomery for it, I'm told, but I'll be damned if it was worth it. I was one of the few who weren't wounded. For that much thank God.

Well, the supermen marched us, without food, water or sleep to Limberg, a distance of about sixty miles, I think, where we were loaded and locked up, sixty men to each small, unventilated, unheated box car. There were no sanitary accommodations -- the floors were covered with fresh cow dung. There wasn't room for all of us to lie down. Half slept while the other half stood. We spent several days, including Christmas, on that Limberg siding. On Christmas eve the Royal Air Force bombed and strafed our unmarked train. They killed about one-hundred-and-fifty of us. We got a little water Christmas Day and moved slowly across Germany to a large P.O.W. Camp in Muhlburg, South of Berlin. We were released from the box cars on New Year's Day. The Germans herded us through scalding delousing showers. Many men died from shock in the showers after ten days of starvation, thirst and exposure. But I didn't.

Under the Geneva Convention, Officers and Non-commissioned Officers are not obliged to work when taken prisoner. I am, as you know, a Private. One-hundred-and-fifty such minor beings were shipped to a Dresden work camp on January 10th. I was their leader by virtue of the little German I spoke. It was our misfortune to have sadistic and fanatical guards. We were refused medical attention and clothing: We were given long hours at extremely hard labor. Our food ration was two-hundred-and-fifty grams of black bread and one pint of unseasoned potato soup each day. After desperately trying to improve our situation for two months and having been met with bland smiles I told the guards just what I was going to do to them when the Russians came. They beat me up a little. I was fired as group leader. Beatings were very small time: -- one boy starved to death and the SS Troops shot two for stealing food.

On about February 14th the Americans came over, followed by the R.A.F. their combined labors killed 250,000 people in twenty-four hours and destroyed all of Dresden -- possibly the world's most beautiful city. But not me.

After that we were put to work carrying corpses from Air-Raid shelters; women, children, old men; dead from concussion, fire or suffocation. Civilians cursed us and threw rocks as we carried bodies to huge funeral pyres in the city.

When General Patton took Leipzig we were evacuated on foot to Hellexisdorf on the Saxony-Czechoslovakian border. There we remained until the war ended. Our guards deserted us. On that happy day the Russians were intent on mopping up isolated outlaw resistance in our sector. Their planes (P-39's) strafed and bombed us, killing fourteen, but not me.

Eight of us stole a team and wagon. We traveled and looted our way through Sudetenland and Saxony for eight days, living like kings. The Russians are crazy about Americans. The Russians picked us up in Dresden. We rode from there to the American lines at Halle in Lend-Lease Ford trucks. We've since been flown to Le Havre.

I'm writing from a Red Cross Club in the Le Havre P.O.W. Repatriation Camp. I'm being wonderfully well feed and entertained. The state-bound ships are jammed, naturally, so I'll have to be patient. I hope to be home in a month. Once home I'll be given twenty-one days recuperation at Atterbury, about $600 back pay and -- get this -- sixty (60) days furlough!

I've too damned much to say, the rest will have to wait. I can't receive mail here so don't write.   May 29, 1945

                        Love,
                           Kurt - Jr.

DE:
Soldado K. Vonnegut Jr.,
12102964 Exército dos EUA.

PARA:
Kurt Vonnegut,
Williams Creek,
Indianápolis, Indiana.

    Queridos:
    Soube que vocês provavelmente nunca receberam qualquer informação além de que eu estava "desaparecido". É possível que também não tenham recebido nenhuma das cartas que escrevi da Alemanha. Isso me deixa com muitas explicações para dar – em resumo:
    Tornei-me prisioneiro de guerra em 19 de dezembro de 1944, quando a nossa divisão foi estraçalhada pelo último golpe desesperado de Hitler em Luxemburgo e na Bélgica. Sete fanáticas divisões Panzer nos atingiram e nos separaram do restante do Primeiro Exército de Hodges. As outras divisões americanas nos nossos flancos conseguiram recuar: nós fomos obrigados a ficar e lutar. Baionetas não são muito eficazes contra tanques: nossa munição, nossa ração e nossos medicamentos acabaram, e o número de baixas superou o número dos que ainda podiam lutar – de modo que desistimos. Soube que o 106º recebeu uma Citação Presidencial e uma espécie de Condecoração Britânica de Montgomery por isso, mas juro que não sei se valeu a pena. Fui um dos poucos que não ficaram feridos. Por isso, agradeço a Deus.
    Bem, os super-homens nos fizeram marchar, sem comida, água nem descanso, até Limberg, uma distância de aproximadamente cem quilômetros, creio, onde fomos embarcados e trancados, sessenta homens em cada minúsculo vagão, sem ventilação e sem aquecimento. Não havia instalações sanitárias – os pisos estavam cobertos de esterco de gado, ainda fresco. Não havia espaço para todos nos deitarmos. Metade dormia enquanto a outra metade ficava de pé. Passamos vários dias, inclusive o Natal, naquele trilho lateral de Limberg. Na véspera do Natal, a Royal Air Force bombardeou e metralhou o trem, que não tinha identificação. Mataram mais ou menos 150 de nós. Recebemos um pouco de água no dia de Natal e seguimos lentamente pela Alemanha até um grande campo de prisioneiros de guerra em Muhlburg, ao sul de Berlim. Fomos libertados dos vagões no dia de Ano Novo. Os alemães nos reuniram em chuveiros escaldantes para matar os piolhos. Muitos homens morreram com o choque térmico nos chuveiros depois de dez dias de fome, sede e exposição à intempérie. Mas eu não morri.
    De acordo com a Convenção de Genebra, oficiais e oficiais não-comissionados não são obrigados a trabalhar quando feitos prisioneiros. Eu, como vocês sabem, sou soldado raso. Cento e cinqüenta seres insignificantes como eu foram enviados para um campo de trabalho em Dresden em 10 de janeiro.

Tornei-me o líder do grupo porque eu falava um pouco de alemão. Foi nossa desgraça ter guardas sádicos e fanáticos. Recusaram-nos cuidados médicos e roupas. Fomos submetidos a longas horas de trabalho extremamente cansativo. Nossa ração consistia em 250 gramas de pão preto e meio litro de sopa de batata sem tempero por dia. Depois de tentar desesperadamente melhorar a nossa situação durante dois meses e tendo recebido como resposta sorrisos indiferentes, eu disse aos guardas exatamente o que iria fazer quando os russos chegassem. Eles me bateram um pouco. Fui demitido do posto de líder do grupo. Surras eram o de menos: um menino morreu de fome, e os soldados da S.S. atiraram em outros dois por terem roubado comida.

Mais ou menos em 14 de fevereiro vieram os americanos, seguidos pela Royal Air Force. Seu trabalho conjunto matou 250 mil pessoas em 24 horas e destruiu toda Dresden – possivelmente a cidade mais bonita do mundo. Mas não eu.

Depois disso, começamos a trabalhar carregando cadáveres dos abrigos antiaéreos; mulheres, crianças, velhos. Mortos por concussão, fogo ou asfixia. Civis nos xingavam e atiravam pedras enquanto levávamos os corpos até imensas piras funerárias na cidade.

Quando o general Patton tomou Leipzig, fomos evacuados a pé até Hellexisdorf, na fronteira saxã-checoslovaca. Ali permanecemos até a guerra terminar. Nossos guardas nos abandonaram. Nesse dia jubiloso, os russos estavam decididos a exterminar resistências proscritas isoladas no nosso setor. Seus aviões (P-39s) nos metralharam e bombardearam, matando quatorze, mas não eu.

Eu e mais sete prisioneiros roubamos uma carroça. Viajamos e abrimos caminho a pilhagem através de Sudetenland e da Saxônia durante oito dias, vivendo como reis. Os russos são loucos pelos americanos. Os russos nos pegaram em Dresden. Fomos de lá até as linhas americanas em Halle em caminhões Ford arrendados pelo governo dos Estados Unidos. Depois disso, voamos para Le Havre.

Escrevo de uma sede da Cruz Vermelha no campo de repatriação de prisioneiros de guerra de Le Havre. Estou sendo maravilhosamente bem alimentado e cuidado. É claro que os navios de volta para casa estão lotados, de modo que terei de ser paciente. Espero estar em casa dentro de um mês. Depois de chegar, terei 21 dias de recuperação em Atterbury, mais ou menos 600 dólares de salários atrasados e – prestem atenção – sessenta (60) dias de licença!

Tenho um monte de coisas para dizer, o resto terá de esperar. Como não posso receber correspondência aqui, não escrevam.

*29 de maio de 1945.
Carinhosamente,
Kurt Jr.*

Kurt Vonnegut

no Clowes Hall, Indianápolis,

27 de abril de 2007

Obrigado.
Estou agora diante de vocês como um modelo de vida, uma cortesia do prefeito Bart Peterson, e Deus o abençoe por esta ocasião.

Se isso não é bacana, não sei o que é.

Pensem bem: no período de apenas três anos, durante a Segunda Guerra Mundial, passei de soldado raso a cabo, um posto que foi ocupado por Napoleão e Adolf Hitler.

Na verdade, sou Kurt Vonnegut Júnior. E é assim que os meus filhos, hoje já bem passados da meia-idade, como eu, ainda me chamam quando estão falando de mim pelas costas: "O Júnior isso, o Júnior aquilo".

Mas sempre que vocês virem o relógio Ayres no cruzamento das ruas South Meridian e Washington, por favor, pensem no meu pai, Kurt Vonnegut Sênior, que o projetou. Se bem que ele e o pai dele, Bernard Vonnegut, projetaram todo o bendito edifício. E ele foi um dos fundadores da Escola Orchard e do Museu das Crianças.

* * *

O pai dele, meu avô, o arquiteto Bernard Vonnegut, projetou, entre outras coisas, O Ateneu, que antes da Primeira Guerra Mundial era chamado de "Das Deutsche Haus". Não posso imaginar por que mudaram o nome para "O Ateneu", a menos que tenha sido para puxar o saco de um bando de greco-americanos.

Acho que todos vocês sabem que estou processando o fabricante dos cigarros Pall Mall porque os produtos dele não me mataram, e eu estou hoje com 84 anos. Escutem: estudei antropologia na Universidade de Chicago depois da Segunda Guerra Mundial, a última que vencemos. E os antropólogos físicos, que estudavam crânios humanos de milhares de anos, diziam que só deveríamos viver mais ou menos 35 anos, porque era isso que os nossos dentes duravam antes da odontologia moderna.

Não eram bons esses tempos? Trinta e cinco anos e dávamos o fora. Isso que é design inteligente! Agora, todos os pobres coitados da geração do *baby boom* que podem pagar seguro de saúde e plano dentário vão viver até os cem anos!

Talvez devêssemos tornar a odontologia ilegal. E talvez os médicos devessem deixar de curar a pneumonia, que costumava ser chamada de "amiga dos velhos".

* * *

Mas a última coisa que eu quero fazer esta noite é deprimir vocês. Então pensei em algo que todos podemos fazer que definitivamente será alto-astral. Acho que podemos pensar numa declaração com a qual todos os americanos, republicanos ou democratas, ricos ou pobres, heterossexuais ou gays, possam concordar, apesar de o nosso país estar tão trágica e ferozmente dividido.

O primeiro sentimento americano universal em que consegui pensar foi: "O açúcar é doce".

E com certeza não há nada de novo quanto aos Estados Unidos da América estarem trágica e ferozmente divididos, ainda mais aqui, no meu Estado natal de Indiana. Quando eu era criança, este Estado abrigava dentro de seus limites o quartel-general da Ku Klux Klan e, acho eu, o local do último linchamento de um cidadão afro-americano ao norte da linha Mason-Dixon, em Marion, acredito.

Mas também tinha, e ainda tem, em Terre Haute, que agora ostenta um avançado aparato de injeção letal, o local de nascimento e o lar do líder trabalhista Eugene Debs. Ele viveu de 1855 a 1926 e liderou uma greve nacional contra as estradas de ferro. Ficou preso durante um tempo porque se opôs à nossa entrada na Primeira Guerra Mundial.

E concorreu à presidência várias vezes, pelo Partido Socialista, dizendo coisas assim: "Enquanto houver uma classe baixa, estarei nela. Enquanto houver um ambiente criminoso, pertencerei a ele. E enquanto houver uma alma na prisão, eu não estarei livre."

Debs meio que roubou isso de Jesus Cristo. Mas é muito difícil ser original. Eu que o diga!

Mas, tudo bem, qual seria uma declaração com a qual todos os americanos poderiam concordar? "O açúcar é doce", sem dúvida. Mas já que estamos dentro de uma universidade, estou seguro de que conseguiremos pensar em algo com mais peso cultural. E eis a minha sugestão: "A Mona Lisa, o quadro de Leonardo da Vinci pendurado no Louvre, em Paris, na França, é uma pintura perfeita".

Tudo bem? Levantem as mãos, por favor. Não conseguimos todos concordar quanto a isso?

Muito bem, podem abaixar as mãos. Eu diria que a votação é unânime, que a Mona Lisa é uma pintura perfeita. O único problema disso, que é o problema de praticamente tudo em que acreditamos, é: não é verdade.

Escutem: o nariz dela é torto para a direita, certo? Isso quer dizer que o lado direito do rosto dela é um plano retrocedente, está se afastando de nós. Certo? Mas não há uma redução perspectiva dos traços dela naquele lado, o que dá o efeito de três dimensões. E Leonardo poderia ter feito essa redução perspectiva com muita facilidade. Ele simplesmente teve preguiça de fazer. E se ele fosse Leonardo da Indianápolis, eu teria vergonha dele.

* * *

Não é de se admirar que ela tenha um sorriso tão idiota.

E alguém agora pode querer me perguntar: "Você nunca consegue falar sério?" A resposta é: "Não".

Quando nasci, no Hospital Metodista, em 11 de novembro de 1922, e esta cidade na época era tão segregada racialmente como os times de basquete e futebol são hoje, o obstetra bateu no meu pequeno traseiro para me fazer começar a respirar. Mas eu chorei? Não.
Eu disse:
– Uma coisa engraçada aconteceu quando eu estava descendo pelo canal de parto, doutor. Um vagabundo chegou para mim e disse que ninguém lhe dava uma mordida de nada havia três dias. Então eu o mordi!

Mas, falando sério, caros amigos de Indiana, tenho uma boa e uma má notícia esta noite. Este é o melhor dos tempos e o pior dos tempos. Então, qual é a novidade?

A má notícia é que os marcianos aterrissaram em Manhattan e fizeram check-in no Waldorf-Astoria. A boa notícia é que eles só comem sem-teto de todas as etnias e mijam gasolina.

Se sou religioso? Eu pratico uma religião desorganizada. Pertenço a uma desordem profana. Nós nos autodenominamos "Nossa Senhora da Perpétua Consternação". Somos tão celibatários como cinqüenta por cento do clero católico romano heterossexual.

* * *

Na verdade – e quando eu levanto a minha mão direita assim isso quer dizer que não estou brincando, que dou a minha palavra de honra de que o que estou falando é verdade. Então, na verdade, eu sou o presidente honorário da Associação Humanista Americana, tendo sucedido o falecido e grande autor de ficção científica Isaac Asimov nessa posição absolutamente sem função. Nós, humanistas, nos comportamos da melhor maneira possível sem qualquer expectativa de recompensa ou punição numa vida após a morte. Servimos da melhor maneira possível à única abstração com a qual temos qualquer familiaridade real, que é a nossa comunidade.

Não tememos a morte, nem vocês deveriam temer. Sabem o que Sócrates disse sobre a morte – em grego, é claro? "A morte é apenas mais uma noite."

Como humanista, eu amo a ciência. Odeio a superstição, que jamais poderia ter nos dado bombas atômicas.

Eu amo a ciência, e não apenas porque ela nos deu os meios de acabar com o planeta, e eu não gosto daqui. A ciência encontrou as respostas para duas das nossas maiores perguntas: como o universo começou, e como nós e todos os outros animais conseguimos os maravilhosos corpos que temos, com olhos, cérebros, rins e assim por diante.

Certo. Então a ciência mandou o telescópio Hubble para o espaço, e ele conseguiu capturar a luz e a ausência dela desde o começo dos tempos. E o telescópio realmente fez isso. Então agora sabemos que outrora houve absolutamente nada, um nada tão perfeito que sequer havia um nada ou um outrora. Vocês conseguem imaginar isso? Não conseguem, porque não há mesmo nada para imaginar.

Mas então houve um grande BANG! E é daí que veio toda essa porcaria.

E como conseguimos os nossos maravilhosos pulmões, sobrancelhas, dentes, unhas dos pés, cus e assim por diante? Através de milhões de anos de seleção natural. Isso é quando um animal morre e outro copula. A sobrevivência dos mais aptos!

Mas, olhe só: se você tiver que matar alguém, acidentalmente ou de propósito, melhorando a nossa espécie, por favor, não copule depois disso. É isso que gera os bebês, caso a sua mãe não tenha lhe contado.

E, sim, caros amigos de Indiana, e eu nunca neguei ser um de vocês: este é de fato o Apocalipse, o fim de tudo, como profetizado por São João, o Divino, e São Kurt, o Vonnegut.

No exato instante em que falo, o último urso polar pode estar morrendo de fome por causa da mudança climática, por nossa causa. E eu certamente sentirei falta dos ursos polares. Os bebês deles são muito fofos, carinhosos e confiantes, exatamente como os nossos.

* * *

Será que este velhote aqui tem algum conselho para jovens em tempos de problemas tão terríveis? Bem, estou certo de que vocês sabem que o nosso país é a única dita nação desenvolvida que ainda tem pena de morte. E câmaras de tortura. Quero dizer, por que fazer besteira?

Mas escutem: se alguém aqui terminar na maca de um aparelho de injeção letal, talvez aquele nas instalações de Terre Haute, eis quais deveriam ser as suas últimas palavras: "Isso com certeza vai me ensinar uma lição".

Se Jesus estivesse vivo hoje, nós o mataríamos com uma injeção letal. É isso que eu chamo de progresso. Teríamos de matá-lo pelo mesmo motivo que ele foi morto da primeira vez. Suas idéias eram liberais demais.

Meu conselho aos escritores que estão começando? Não usem ponto-e-vírgula! São travestis hermafroditas que representam precisamente nada. Tudo o que fazem é sugerir que talvez você tenha feito uma faculdade.

Então, primeiro a Mona Lisa, agora o ponto-e-vírgula. Eu poderia muito bem manter a minha reputação de maluco de marca maior dizendo alguma coisa boa sobre Karl Marx, comumente visto neste país, e sem dúvida em Indian-lugar-nenhum, como tendo sido uma das pessoas mais malignas que já viveram.

Ele inventou o comunismo, que há tempos somos ensinados a odiar, porque amamos muito o capitalismo, que é como chamamos os cassinos de Wall Street.

Karl Marx esperava que o comunismo pudesse ser um esquema econômico que fizesse nações industrializadas tomarem conta das pessoas, e principalmente das crianças e dos velhos e deficientes, da mesma forma como as tribos e as famílias estendidas costumavam fazer antes de serem dispersas pela Revolução Industrial.

E eu acho que talvez devêssemos aprender a parar de falar tão mal do comunismo, não porque achemos que seja uma boa idéia, mas porque nossos netos e bisnetos empenharam até os olhos aos chineses comunistas.

E os comunistas chineses também têm um exército grande e magnificamente equipado, algo que não temos. Somos mesquinhos demais. Só queremos atacar todo mundo com armas nucleares.

Mas ainda há muita gente capaz de dizer que a coisa mais maligna a respeito de Karl Marx foi o que ele disse sobre religião. Ele disse que a religião era o ópio das classes mais baixas, como se acreditasse que a religião fosse ruim para as pessoas e quisesse se livrar dela.

Mas quando Marx disse isso, nos anos 1840, o uso da palavra "ópio" não foi simplesmente metafórico. Na época, o ópio era o único analgésico disponível, para dores de dente, câncer de garganta ou o que fosse. Ele próprio o usara.

Como um sincero amigo dos oprimidos, estava querendo dizer que achava bom que o povo tivesse algo com que pudesse aliviar suas dores ao menos um pouco, e a religião servia para isso. Então ele gostava da religião, e certamente não queria aboli-la. Está certo?

Ele poderia dizer hoje o que digo esta noite: "A religião pode ser o Tylenol de muitos infelizes, e muito me agrada que funcione".

Sobre os comunistas chineses: eles sem dúvida são muito mais competentes do que nós no mundo dos negócios e talvez sejam muito mais espertos, comunistas ou não. Quer dizer, olhem como eles vão bem na escola por aqui. Admitam! Meu filho, Mark, pediatra, integrou a comissão de admissão da faculdade de medicina de Harvard há um tempo e disse que, se eles tivessem sido justos no esquema das admissões, metade da turma de calouros seria de mulheres asiáticas.

Mas voltemos a Karl Marx: quão subservientes a Jesus, ou a um benevolente Deus Todo-Poderoso, eram os líderes deste país nos anos 1840, quando Marx disse essa coisa supostamente maligna a respeito da religião? Eles consideravam perfeitamente legal possuir escravos humanos e só deixariam as mulheres votar ou ocupar cargos públicos, Deus nos perdoe, dali a oitenta anos

Um tempo atrás, recebi uma carta de um homem que era prisioneiro do sistema penal americano desde os dezesseis anos de idade. Hoje ele tem 42 anos e está prestes a sair. Ele me perguntou o que deveria fazer. Disse-lhe o que Karl Marx teria dito: "Entre para uma igreja".

E agora por favor percebam que levantei minha mão direita. E isso significa que não estou brincando, que acredito no que quer que eu venha a dizer a seguir. Então vamos lá: o fenômeno americano mais esplêndido espiritualmente durante a minha vida não foi a nossa contribuição para a derrota dos nazistas, na qual desempenhei um papel tão grande, ou o golpe de Ronald Reagan sobre o comunismo ateu, ao menos na Rússia.

O fenômeno americano mais esplêndido espiritualmente da minha vida toda foi a forma como os cidadãos afro-americanos mantiveram a dignidade e o amor-próprio, apesar de terem sido tratados por americanos brancos, tanto dentro quanto fora do governo, simplesmente por causa de sua cor de pele, como se fossem desprezíveis e repulsivos, até mesmo doentes.

Suas igrejas certamente os ajudaram a fazer isso. Então, eis Karl Marx aqui de novo. Aqui está Jesus de novo.

E qual é o presente dos Estados Unidos para o resto do mundo que é realmente o mais apreciado pelo resto do mundo? O jazz afro-americano e seus desdobramentos. Qual é a minha definição de jazz? "Sexo seguro da mais alta ordem."

* * *

Os dois maiores americanos da minha época, até onde sei, foram Franklin Delano Roosevelt e Martin Luther King Jr.

Já ouvi sugerirem que Roosevelt não teria tanta empatia em relação às classes mais baixas se tivesse sido só mais um otário da Ivy League*, um rico e convencido membro da classe dominante, se ele próprio não tivesse sido abatido pela poliomielite, a paralisia infantil. De repente, suas pernas pararam de funcionar.

O que podemos fazer sobre o aquecimento global? Poderíamos apagar as luzes, acho, mas, por favor, não façam isso. Não consigo pensar em nenhuma maneira de consertar a

---

* Grupo de universidades norte-americanas de altíssimo nível acadêmico. (N.E.)

atmosfera. É tarde demais. Mas há uma coisa que eu posso arrumar, aqui e agora, e bem aqui em Indianápolis. É o nome de outra boa universidade que vocês construíram na minha época. Mas vocês lhe deram o nome de "IUPUI". "IUPUI"? Vocês não têm noção?

– Oi, eu fiz Harvard, e você?
– Eu fiz IUPUI.

Com os poderes ilimitados a mim concedidos pelo prefeito Peterson por todo o ano de 2007, eu rebatizo a IUPUI como Universidade Tarkington.

– Oi, eu fiz Harvard, e você?
– Eu fiz Tarkington.

Não é chique?

Então, está feito.

Com o passar do tempo, ninguém vai saber ou dar importância para quem foi Tarkington. Quer dizer, quem hoje em dia dá a mínima para quem foi Butler? Estamos no Clowes Hall, e eu cheguei a realmente conhecer alguns Clowes de verdade. Boa gente.

Mas deixem-me dizer uma coisa: eu não estaria aqui diante de vocês esta noite se não fosse pelo exemplo da vida e da obra de Booth Tarkington, um nativo desta cidade. Em seu tempo, de 1869 a 1946, que sobrepõe a minha época em 24 anos, Booth Tarkington tornou-se um escritor de peças de teatro, romances e contos muito bem-sucedido e respeitado. Seu apelido no mundo literário, que eu daria tudo para ter, era "O Cavalheiro de Indiana".

Quando criança, eu queria ser como ele.

Nunca nos conhecemos. Eu não saberia o que dizer. Teria ficado pasmo de idolatria.

Sim, e pelos poderes ilimitados a mim concedidos pelo prefeito Peterson durante todo este ano, exijo que alguém aqui monte em Indianápolis uma produção da peça *Alice Adams*, de Booth Tarkington.

Por uma doce coincidência, "Alice Adams" era também o nome de casada da minha falecida irmã, uma bela loira de um metro e oitenta de altura, que agora está no cemitério de Crown Hill, junto com os nossos pais, avós e bisavós e James Whitcomb Riley, o escritor americano mais bem pago de seu tempo.
  Sabem o que a minha irmã Allie costumava dizer? Ela costumava dizer "Nossos pais estragam a primeira metade das nossas vidas, e os filhos acabam com a segunda metade".

  James Whitcomb Riley, "O Poeta de Indiana", foi o escritor americano mais bem pago de seu tempo, de 1849 a 1916, porque recitava seus poemas por dinheiro em teatros e auditórios. Eis o quanto gostavam de poesia os americanos comuns. Vocês podem imaginar isso?

  Querem saber de uma coisa que o grande escritor francês Jean-Paul Sartre disse uma vez? Ele disse, em francês, é claro, "O inferno são os outros". Ele se recusou a aceitar um Prêmio Nobel. Eu jamais conseguiria ser tão rude. Fui criado por nossa cozinheira afro-americana, cujo nome era Ida Young.

  Durante a Grande Depressão, dizem que os cidadãos afro-americanos costumavam dizer o seguinte, junto com muitas outras coisas, é claro: "A coisa está tão feia que os brancos estão criando os próprios filhos".
  Mas eu não fui criado apenas por Ida Young, uma bisneta de escravos, que era inteligente, gentil e honesta, orgulhosa e culta, articulada, atenciosa e de aparência agradável. Ida Young amava poesia, e costumava ler poemas para mim.
  Eu também fui criado por professores da Escola 43, "A Escola James Whitcomb Riley", e, depois, da Escola de Ensino Médio Shortridge. Naquela época, bons professores de escolas públicas eram celebridades locais. Ex-alunos gratos, já adultos, costumavam visitá-los e contar como estavam indo. Eu mesmo fui um desses adultos sentimentais.

Mas agora já faz muito tempo que todos os meus professores preferidos seguiram o caminho da maioria dos ursos polares.

A melhor coisa que você pode fazer na vida é ser professor, desde que seja absolutamente apaixonado pelo que ensina e que as suas turmas consistam de dezoito alunos ou menos. Turmas de dezoito alunos ou menos são uma família. Parecem e agem como uma família.

Quando a minha turma se formou na Escola 43, com a Grande Depressão em andamento, quase sem negócios em funcionamento ou empregos e com Hitler assumindo o controle da Alemanha, todos nós tivemos de dizer por escrito o que esperávamos fazer quando adultos para tornar este um mundo melhor.
Eu disse que curaria o câncer com produtos químicos, trabalhando para a Eli Lilly.*

Preciso agradecer ao humorista Paul Krasner por indicar uma grande diferença entre George W. Bush e Hitler: Hitler foi eleito.

Há pouco, mencionei meu único filho homem, Mark Vonnegut. Lembram, sobre as mulheres chinesas e a faculdade de medicina de Harvard?
Bem, ele não é apenas um pediatra na região de Boston, como também é pintor, saxofonista e escritor. Ele escreveu um livro bom para caramba chamado *The Eden Express*. É sobre sua crise mental, uma coisa de quarto acolchoado e camisa-de-força. Ele era da equipe de luta livre quando fazia o curso básico na faculdade. Um maníaco e tanto!
Em seu livro, ele conta como se recuperou o bastante para se formar na faculdade de medicina de Harvard. *The Eden Express*, de Mark Vonnegut.

---

* Companhia de produtos farmacêuticos fundada em Indianápolis, hoje presente em mais de 160 países. (N.E.)

Mas não peçam emprestado. Pelo amor de Deus, comprem o livro.

Considero tapado qualquer um que pegue um livro emprestado em vez de comprá-lo ou empreste um livro a alguém. Quando eu era aluno da Escola de Ensino Médio Shortridge, há um milhão de anos, tapado era a definição de um cara que enfiava uma dentadura no traseiro e arrancava a dentadas os botões dos bancos de trás dos táxis.

Mas é bom dizer logo, caso algum jovem impressionável sem rumo e com uma família problemática que esteja aqui esta noite resolva tentar se tornar um verdadeiro tapado amanhã, que não há mais botões nos bancos traseiros dos táxis. Os tempos mudam!

Perguntei a Mark há algum tempo qual era o sentido da vida, já que eu não faço idéia. Ele disse:
– Pai, nós estamos aqui para ajudar uns aos outros a passar por essa coisa, o que quer que ela seja.
O que quer que ela seja.

* * *

"O que quer que ela seja." Nada mau. Essa é das boas.

E como devemos nos comportar durante este Apocalipse? Devemos ser excepcionalmente bons uns com os outros, isso é certo. Mas também devemos parar de ser tão sérios. Piadas ajudam muito. E arranje um cachorro, se ainda não tem um.

Eu mesmo acabei de arrumar um cachorro, e é uma nova cruza de raças. É meio poodle francês, meio shih tzu.
É um shit-poo.*
Agradeço por sua atenção e caio fora.

---

* Merda-cocô. (N.T.)

O lamento tomará as ruas

Foi um discurso de rotina que ouvimos durante o nosso primeiro dia de treinamento básico, feito por um tenente baixo e magro:

– Homens, até agora vocês foram americanos decentes e limpos, com um amor americano pelo espírito esportivo e o jogo limpo. Estamos aqui para mudar isso. Nosso trabalho é torná-los a maior corja de safados da história. De agora em diante, vocês podem esquecer as regras do marquês de Queensbury* e toda e qualquer regra. Vale tudo. Nunca batam num homem acima da cintura quando puderem atingi-lo abaixo. Façam o maldito gritar. Matem-no como conseguirem. Matem, matem, matem, entenderam?

O discurso foi recebido com risos nervosos e um entendimento geral de que ele tinha razão.

– Hitler e Tojo não disseram que os americanos eram um bando de fracotes? Rá! Eles vão ver só!

E, é claro, a Alemanha e o Japão viram mesmo: uma democracia endurecida emanou uma fúria escaldante que não pôde ser interrompida. Foi, supostamente, uma guerra da razão contra a barbárie, com as questões em jogo num plano tão alto que a maioria dos nossos febris combatentes não fazia idéia do motivo por que estava em guerra – tirando isso, os inimigos eram um bando de filhos da mãe. Um novo tipo de guerra, com toda a destruição e toda a matança aprovadas. Os alemães perguntavam:

---

* Nobre inglês que criou as regras do boxe. (N.T.)

– Por que vocês, americanos, estão em guerra contra a gente?
– Não sei, mas estamos dando uma surra e tanto em vocês – era uma resposta comum.

Muita gente gostava da idéia de guerra total: soava como algo moderno, em conformidade com a nossa espetacular tecnologia. Para eles, era como um jogo de futebol: "Vamos lá, vamos lá, vamos lá..." Três esposas de comerciantes de cidades pequenas, mulheres de meia-idade e rechonchudas, me deram uma carona quando eu estava voltando de Camp Atterbury.

– Você matou muitos alemães? – perguntou a motorista, puxando conversa alegremente. Respondi que não sabia. Isso foi tomado como modéstia.

Quando eu estava saindo do carro, uma das senhoras me deu um tapinha no ombro com jeito maternal:

– Aposto como você gostaria de ir matar uns japoneses imundos agora, não?

Trocamos piscadelas cúmplices. Não contei àquelas almas simples que havia sido capturado depois de uma semana no front. E, mais claramente, o que eu sabia e pensava sobre matar alemães imundos, sobre guerra total. O motivo da minha tristeza, tanto na época como ainda hoje, tem relação com um incidente que recebeu um tratamento precipitado dos jornais americanos. Em fevereiro de 1945, Dresden, na Alemanha, foi destruída e, com ela, mais de cem mil seres humanos. Eu estava lá. Não são muitos os que sabem como os Estados Unidos pegaram pesado.

Eu pertencia a um grupo de 150 soldados de infantaria capturados na Batalha do Bulge e levados para trabalhar em Dresden. Dresden, disseram-nos, era a única grande cidade alemã a ter escapado dos bombardeios até então. Isso foi em janeiro de 1945. Ela devia a boa sorte a suas características não-militares: hospitais, cervejarias, fábricas de enlatados e coisas do gênero. Desde a guerra, os hospitais haviam se tornado sua principal preocupação. Todos os dias, centenas de feridos vindos de leste e oeste chegavam ao tranqüilo santuário. À noite, ouvíamos os estrondos abafados dos distantes ataques aéreos.

— Chemnitz está levando esta noite — costumávamos dizer, e especulávamos como devia ser estar sob os escancarados bombardeiros e sob os brilhantes jovens com seus mostradores e miras ópticas.

— Graças aos céus estamos numa "cidade aberta" — pensávamos, enquanto milhares de refugiados, mulheres, crianças e velhos vinham numa lastimável correnteza de gente das ruínas ardentes de Berlim, Leipzig, Breslau, Munique... Eles inundaram a cidade deixando-a com o dobro de sua população normal.

Não havia guerra em Dresden. É verdade que os aviões passavam por lá quase todos os dias e as sirenes tocavam, mas os aviões estavam sempre a caminho de outro lugar. Os alarmes proporcionavam um período de alívio num dia de trabalho entediante, um evento social, uma chance de jogar conversa fora nos abrigos. Os abrigos, na verdade, não eram muito mais do que um gesto, um reconhecimento casual da emergência nacional: em sua maioria adegas e porões com bancos e sacos de areia bloqueando as janelas. Havia alguns bunkers um pouco mais adequados no centro da cidade, perto dos escritórios do governo, mas nada como a sólida fortaleza subterrânea que tornava Berlim impermeável aos ataques diários. Dresden não tinha por que se preparar para um ataque — e por trás disso se esconde uma história brutal.

Dresden sem dúvida estava entre as cidades mais encantadoras do mundo. Tinha ruas largas, cheias de árvores frondosas. Era pontilhada por inúmeros pequenos parques e estátuas. Tinha igrejas antigas maravilhosas, bibliotecas, museus, teatros, galerias de arte, cervejarias ao ar livre, um zoológico e uma renomada universidade. Era, ao mesmo tempo, um paraíso para os turistas, que eram muito mais bem informados sobre as delícias da cidade do que eu sou. Mas a impressão que tenho é de que em Dresden — na cidade física — estavam os símbolos de uma vida farta, agradável, honesta, inteligente. À sombra da suástica, esses símbolos da dignidade e da esperança da humanidade estavam em suspenso, eram monumentos à verdade. Tesouro acumulado em centenas de anos, Dresden fala eloqüentemente daquelas coisas excelentes da civilização européia para com as quais nossas dívidas são profundas. Eu era um prisioneiro faminto, sujo e cheio de ódio por nossos captores, mas amei aquela cidade e vi a maravilha abençoada do seu passado e a rica promessa do seu futuro.

Em fevereiro de 1945, bombardeiros americanos reduziram esse tesouro as lascas de pedra e cinzas, desentranharam-no com explosivos violentos e o cremaram com bombas. A bomba atômica pode representar um avanço fabuloso, mas é interessante notar que os primitivos TNT e termita conseguiram exterminar em uma noite sangrenta mais pessoas do que as que morreram em toda a ofensiva de Londres. A fortaleza de Dresden disparou uma dúzia de tiros contra nossos pilotos. De volta às bases, tomando café quente, eles provavelmente observaram:

– Que artilharia antiaérea estranhamente fraca esta noite. Bem, acho que está na hora de dormir.

Pilotos britânicos de unidades táticas feitos prisioneiros (cobrindo tropas de linha de frente) costumavam caçoar dos que haviam pilotado bombardeiros pesados em ataques a cidades dizendo:

– Como vocês conseguiam agüentar o fedor de urina fervendo e carrinhos de bebê queimando?

Uma notícia perfeitamente rotineira: "Nossos aviões atacaram Dresden ontem à noite. Todas as aeronaves retornaram a salvo". Alemão bom é alemão morto: mais de cem mil homens, mulheres e crianças do mal (os saudáveis estavam nos fronts) para sempre purificados de seus pecados contra a humanidade. Por acaso, conheci um piloto de bombardeiro que havia participado do ataque.

– Nós odiamos fazer aquilo – ele me disse.

Passamos a noite em que eles vieram num frigorífico subterrâneo de um matadouro. Tivemos sorte, porque era o melhor abrigo da cidade. Gigantes percorreram a terra acima de nós. Primeiro veio o suave murmúrio de sua dança nas periferias, então o resmungo lento em nossa direção e, por fim, os ensurdecedores estrondos dos saltos sobre nós – e então novamente para as periferias. Varreram de um lado a outro: bombardeio de saturação.

– Eu gritei, chorei e arranhei as paredes do nosso abrigo – contou-me uma senhora. – Rezei a Deus "por favor, por favor, por favor, bom Deus, faça-os parar". E eles continuavam vindo, uma onda depois da outra. Não tinha como nos rendermos, não tinha como dizer que não agüentávamos mais. Não tinha nada que desse para fazer além de ficarmos sentados, esperando pela manhã. – A filha e o neto dela foram mortos.

Nossa pequena prisão queimou totalmente. Devíamos ser evacuados até um campo remoto ocupado pelos prisioneiros sul-africanos. Nossos guardas eram um bando melancólico, milicianos idosos e veteranos deficientes. A maioria deles era de moradores de Dresden que tinham amigos e parentes em alguma parte do holocausto. Um cabo, que perdera um olho depois de dois anos no front russo, soube antes de marcharmos que sua mulher, seus dois filhos e os pais haviam sido mortos. Ele tinha um cigarro. E o dividiu comigo.

Nossa marcha até novos alojamentos nos levou à margem da cidade. Era impossível acreditar que alguém tivesse sobrevivido no coração dela. Normalmente o dia estaria frio, mas rajadas ocasionais do inferno colossal nos faziam suar. E normalmente o dia estaria claro e limpo, mas uma nuvem opaca e crescente transformou o meio-dia em crepúsculo. Uma triste procissão obstruía as estradas, pessoas com os rostos enegrecidos marcados por lágrimas, algumas apoiando feridos, algumas carregando mortos. Reuniram-se nas campinas. Ninguém falava. Poucas pessoas usando faixas da Cruz Vermelha nos braços faziam o que podiam pelas vítimas.

Instalados com os sul-africanos, aproveitamos uma semana sem trabalho. Ao final desse período, as comunicações com os quartéis-generais superiores haviam sido restabelecidas, e recebemos ordens de caminhar por onze quilômetros até o ponto mais crítico da região. Nada no distrito havia escapado da fúria. Uma cidade de cascas de edifícios entalhadas, estátuas estilhaçadas e árvores derrubadas. Todos os veículos estavam parados, retorcidos e queimados, abandonados para enferrujar ou apodrecer no caminho da força ensandecida. Os únicos sons além dos nossos próprios eram os de argamassa caindo e o eco que produziam. Não consigo descrever a desolação de forma adequada, mas posso dar uma idéia de como nos fez sentir, nas palavras de um delirante soldado britânico num hospital improvisado de prisioneiros de guerra:

– Foi assustador, posso dizer isso. Eu caminhava por aquelas malditas ruas e sentia mil olhos na minha nuca. Podia ouvi-los sussurrando atrás de mim. Eu me virava para olhar para eles e não havia uma viva alma à vista. Dava para senti-los e ouvi-los, mas nunca havia ninguém lá.

Nós sabíamos que o que ele disse era verdade.

Para o trabalho de "resgate", fomos divididos em pequenas equipes sob o comando de um guarda cada uma. Nossa mórbida missão era procurar corpos. Aquele dia foi uma caçada profícua, assim como os muitos que se seguiram. Começamos em pequena escala – uma perna aqui, um braço ali e um bebê de vez em quando –, mas encontramos um veio principal antes do meio-dia. Atalhamos através da parede de um porão onde encontramos uma pilha malcheirosa de mais de cem seres humanos. As chamas devem ter varrido o local antes de a queda do prédio ter lacrado as saídas, porque a carne dos que estavam lá dentro tinha a textura de ameixas secas. Nosso trabalho, explicaram-nos, era ingressar nas ruínas e trazer os restos para fora. Estimulados por abusos verbais agressivos e guturais, afundamos no trabalho. E foi exatamente o que fizemos, já que o piso estava coberto por um repugnante caldo formado pela água que saía dos canos estourados e por vísceras. As vítimas que não morreram imediatamente tentaram fugir por uma estreita saída de emergência. De qualquer maneira, havia vários corpos espremidos na passagem. O líder do grupo havia conseguido chegar até a metade da escada antes de ser enterrado até o pescoço por tijolos e argamassa. Creio que tinha mais ou menos quinze anos de idade.

É com algum pesar que eu aqui maculo a nobreza de nossos pilotos, mas, rapazes, vocês mataram um número pavoroso de mulheres e crianças. O abrigo que descrevi e inúmeros outros como esse estavam cheios delas. Tivemos de exumar seus corpos e carregá-los até piras funerárias coletivas nos parques – e eu estava lá. A técnica da pira funerária foi abandonada quando se tornou claro o tamanho do estrago. Não havia braços suficientes para fazer o trabalho de maneira decente, então, em vez disso, mandaram um homem com um lança-chamas que cremava os corpos onde eles estavam. Queimados vivos, sufocados, esmagados – homens, mulheres e crianças mortos indiscriminadamente. Em nome da causa sublime pela qual lutávamos, com certeza criamos nosso próprio campo de concentração de Belsen. O método foi impessoal, mas o resultado foi cruel e insensível da mesma forma. Isso, infelizmente, é uma verdade repugnante.

Quando havíamos nos acostumado à escuridão, ao cheiro e à carnificina, começamos a pensar sobre o que cada um dos cadáveres havia sido em vida. Era uma brincadeira sórdida: "Rico, pobre, mendigo, ladrão..." Alguns tinham bolsas cheias e jóias, e outros, víveres preciosos. Um menino estava com o cachorro ainda na coleira. Ucranianos renegados em uniformes alemães eram os responsáveis por nossas operações nos abrigos. Eram bêbados que gritavam de adegas contíguas e pareciam gostar imensamente do que estavam fazendo. O trabalho era lucrativo, já que despiam cada corpo dos itens de valor antes que os levássemos para a rua. A morte se tornou tão lugar-comum que éramos capazes de fazer piada sobre as nossas lúgubres cargas e catá-las como lixo. Nem tanto com os primeiros, principalmente os jovens. Nós os havíamos erguido até as macas com cuidado, deitando-os com uma certa aparência de dignidade de funeral em seus últimos lugares de repouso antes da pira. Mas a propriedade respeitosa e triste deu lugar, como eu disse, à pura frieza. Numa ocasião, ao final de um dia terrível, estávamos fumando e observando o impressionante monte de mortos acumulado. Um de nós atirou a bagana do cigarro na pilha.

– Caramba – disse ele. – Estou pronto para a morte na hora em que ela quiser vir atrás de mim.

Alguns dias depois do ataque, as sirenes soaram de novo. Desta vez, os apáticos e deprimidos sobreviventes foram bombardeados por panfletos. Eu perdi a minha cópia do épico, mas lembro que dizia mais ou menos o seguinte: "Ao povo de Dresden: fomos forçados a bombardear a cidade devido ao pesado tráfego militar de suas ferrovias. Sabemos que nem sempre atingimos os nossos alvos. A destruição de qualquer coisa além de alvos militares não foi intencional, foi parte dos acasos inevitáveis da guerra." Estou certo de que a explicação da matança foi satisfatória a todos, mas estimulou um desprezo considerável em relação à mira de bombardeio americana. É fato que 48 horas depois que o último B-17 passou zunindo em sentido oeste para um merecido descanso, batalhões de trabalhadores pululavam nos trilhos de trem destruídos e os restauraram quase ao normal. Nenhuma das pontes ferroviárias sobre o Elba ficou inativa. Fabricantes de miras de bombardeiros deveriam envergonhar-se ao saber que seus aparelhos maravilhosos lançaram bombas a até cinco quilômetros de distância daquilo em que os militares diziam estar mirando. O panfleto deveria dizer: "Acertamos todos os hospitais, igrejas, escolas, museus, teatros, a universidade, o zoológico e todos os edifícios residenciais da cidade, mas sinceramente não estávamos nos esforçando por fazer isso. *C'est la guerre*. Sentimos muito. Além disso, bombardeio de saturação é a última moda hoje em dia, vocês sabem."

Havia um valor tático: parar as ferrovias. Uma manobra excelente, sem dúvida, mas a técnica foi horrível. Os aviões começaram a lançar explosivos e bombas nos limites da cidade e, pelo padrão que os ataques apresentaram, eles devem ter sido planejados por um tabuleiro Ouija. A conta das perdas contra os ganhos. Mais de cem mil não-combatentes e uma cidade magnífica destruída por bombas largadas muito longe dos alvos estabelecidos: as ferrovias ficaram fora de funcionamento por no máximo dois dias. Os alemães consideraram o bombardeio a maior perda de vidas num único ataque aéreo. A morte de Dresden foi uma tragédia amarga, executada sem necessidade e intencionalmente. A matança de crianças – crianças alemãs ou japonesas, ou quaisquer inimigos que o futuro possa nos reservar – nunca pode ser justificada.

A resposta fácil a protestos veementes como o meu é o mais odioso de todos os clichês: "Acasos da guerra". E outro: "Eles pediram. Eles só entendem a força." *Quem* pediu? *Quem* só entende a força? Acredite, não é fácil racionalizar a destruição de vinhedos onde as vinhas da ira estão armazenadas quando se está juntando bebês em cestas de cereais ou ajudando um homem a cavar onde ele acha que a mulher possa estar enterrada. É certo que as instalações militares e industriais dos inimigos deviam ter sido explodidas, e azar daqueles tolos o bastante para buscar abrigo perto delas. Mas a política de "endurecimento dos Estados Unidos", o espírito de vingança, a aprovação de toda a destruição e de todas as mortes nos valeu uma fama de brutalidade obscena e custou ao mundo a possibilidade de a Alemanha se tornar uma nação pacífica e intelectualmente frutífera, a não ser em um futuro muito remoto.

Nossos líderes tinham uma *carte blanche* quanto ao que podiam ou não destruir. A missão deles era vencer a guerra o mais rápido possível e, embora tivessem recebido um treinamento extraordinário para fazer exatamente isso, suas decisões quanto ao destino de certas relíquias inestimáveis do mundo – o caso de Dresden – nem sempre foram inteligentes. Quando, no final da guerra, com as forças armadas alemãs se desmanchando em todos os fronts, nossos aviões foram enviados para destruir esta última grande cidade, duvido que alguém tenha feitoa si mesmo a pergunta: "Como esta tragédia irá nos beneficiar e como esse benefício irá se comparar com os efeitos nefastos a longo prazo?". Dresden, uma cidade linda, construída sob o espírito das artes, símbolo de uma herança admirável, tão antinazista que Hitler a visitou apenas duas vezes durante todo o seu reinado, um centro de alimentos e cuidados hospitalares agora tão amargamente necessários – um arado com sal espalhado nos sulcos.

Não há dúvidas de que os aliados lutaram do lado certo, e os alemães e japoneses, do lado errado. A Segunda Guerra

Mundial foi travada por motivos quase sagrados. Mas tenho convicção de que a marca de justiça que distribuímos, bombardeando populações civis a torto e a direito, foi uma blasfêmia. O fato de que o inimigo tenha feito isso primeiro não tem nada a ver com o problema moral. O que eu vi de nosso ataque aéreo, quando o conflito europeu se aproximava do fim, tinha a marca irracional de ser uma guerra apenas pela guerra. Cidadãos decentes da democracia americana aprenderam a chutar um homem abaixo da linha da cintura e fazer o infeliz gritar.

Quando descobriram que éramos americanos, os russos da ocupação nos abraçaram e nos cumprimentaram pela completa desolação que nossos aviões haviam lavrado. Aceitamos os cumprimentos de bom grado e com modéstia, mas eu me sentia na época como me sinto agora. Eu teria dado a vida para salvar Dresden para as próximas gerações do mundo. É como todos deveriam se sentir a respeito de todas as cidades na Terra.

THERE SHOULD
HAVE BEEN
A
SECRETARY
OF THE FUTURE.

Deveria ter havido um secretário do futuro.

Grande Dia

Quando eu tinha dezesseis anos, as pessoas me davam 25, e uma mulher da cidade jurava que eu tinha trinta. Eu era todo grande – tinha fios de barba que pareciam palha de aço. Eu certamente queria ver mais do que LuVerne, Indiana, e isso não quer dizer que Indianápolis poderia ter me segurado também.

Então menti a idade e entrei para o Exército do Mundo.

Ninguém chorou. Não houve bandeiras, não houve banda. Não foi como nos velhos tempos, em que um jovem como eu estaria indo embora para talvez ter a cabeça explodida em nome da democracia.

Não havia ninguém na estação ferroviária, exceto a mamãe, e a mamãe estava brava. Ela achava que o Exército do Mundo era só para vagabundos que não conseguiam encontrar trabalho respeitável em lugar algum.

Parece que foi ontem, mas isso aconteceu lá no ano 2037.

– Fique longe daqueles zulus – disse a mamãe.

– Tem mais do que só zulus no Exército do Mundo, mamãe – eu retruquei. – Tem gente de *tudo* que é país.

Só que qualquer um nascido fora do condado de Floyd é um zulu para a mamãe.

– Bom, enfim – disse ela –, espero que eles dêem uma comida boa para você, com os impostos mundiais altos como estão. E, já que você está obrigado e determinado a ir com esses zulus e tudo, imagino que eu deva estar contente por não haver nenhum outro exército por aí tentando atirar em você.

— Eu vou manter a paz, mamãe — falei. — Não vai mais haver guerras terríveis, com um exército só. Isso não deixa a senhora orgulhosa?

— Fico orgulhosa com o que as pessoas fizeram pela paz — disse a mamãe. — Isso não me faz amar nenhum exército.

— É um novo tipo de exército de alta classe, mamãe — eu disse. — A gente não pode nem dizer palavrão. E se a gente não vai à igreja sempre, não ganha sobremesa.

A mamãe sacudiu a cabeça:

— Só não esqueça uma coisa — ela falou. — Não esqueça que você *era* de alta classe. — Não me beijou. Me deu um aperto de mão. — Enquanto *eu* tive você — disse —, você era.

Mas quando mandei para mamãe uma insígnia do meu primeiro uniforme depois do treinamento básico, ouvi dizer que ela o mostrou como se fosse um cartão-postal de Deus. Não passava de um pedaço de feltro azul com uma imagem de um relógio de ouro costurado e um raio verde saindo do relógio.

Ouvi dizer que a mamãe se gabava com todo mundo sobre como o filho *dela* estava numa companhia tela-de-tempo, como se soubesse o que era uma companhia tela-de-tempo, como se todo mundo soubesse que isso era o que havia de mais formidável em todo o Exército do Mundo.

Bem, nós fomos a primeira companhia tela-de-tempo e a última, a menos que eles consertem os problemas das máquinas do tempo. O que devíamos fazer era tão secreto que *nós* não pudemos saber o que era até que fosse tarde demais para voltar atrás.

O capitão Poritsky era o chefe, e ele não nos dizia nada, exceto que devíamos ficar muito orgulhosos, já que havia apenas duzentos homens na face da Terra que tinham o direito de ostentar aqueles relógios.

Ele havia sido jogador de futebol na Notre Dame e parecia uma pilha de balas de canhão no gramado de um prédio oficial qualquer. Gostava de ficar se apalpando enquanto falava com a gente. Gostava de sentir como eram duras todas aquelas balas de canhão.

Dizia que se sentia muito honrado por estar liderando uma corporação de homens tão bons numa missão tão importante. Dizia que descobriríamos qual era a missão durante manobras num lugar chamado Château-Thierry, na França.

Às vezes, alguns generais iam nos observar como se a gente fosse fazer algo melancólico e bonito, mas ninguém dizia bulhufas sobre qualquer máquina do tempo.

Quando chegamos a Château-Thierry, todos estavam nos esperando. Foi quando a gente descobriu que a coisa devia ser meio que extraperigosa. Todo mundo queria ver os matadores com os relógios nas mangas, todo mundo queria ver o grande espetáculo que a gente ia fazer.

Se a gente parecia maluco quando chegou lá, ficou parecendo ainda mais maluco com o passar do tempo. *Ainda* não tínhamos conseguido descobrir o que uma companhia tela-de-tempo devia fazer.

Não adiantava nada perguntar.

– Capitão Poritsky, senhor – eu disse a ele, o *mais* respeitosamente possível –, ouvi dizer que nós vamos demonstrar algum novo tipo de ataque amanhã cedinho.

– Sorria como se estivesse feliz e orgulhoso, soldado! – ele me respondeu. – É verdade!

– Capitão, senhor – eu falei –, o nosso pelotão me elegeu para vir perguntar ao senhor se não podemos saber o que a gente vai fazer. Meio que queremos nos preparar, senhor.

– Soldado – disse Poritsky –, cada homem do pelotão não tem moral e *esprit de corps*, três granadas, um rifle, uma baioneta e cem cargas de munição?

– Sim, senhor – respondi.

– Soldado – continuou Poritsky –, o pelotão *está* preparado. E para mostrar o quanto acredito neste pelotão, é este pelotão que vai liderar o ataque. – Ergueu as sobrancelhas. – Bem – falou –, você não vai dizer "Obrigado, senhor"?

Foi o que fiz.

— E para mostrar o quanto acredito em *você*, soldado — ele disse —, *você* será o primeiro homem no primeiro esquadrão do primeiro pelotão. — Ergueu as sobrancelhas de novo. — Você não vai dizer "Obrigado, senhor"?
Foi o que fiz de novo.
— Só reze para que os cientistas estejam tão preparados como vocês, soldado — falou Poritsky.
— Tem cientista no meio disso, senhor? — perguntei.
— Fim da entrevista, soldado — disse Poritsky. — Sentido, soldado!
Foi o que fiz.
— Continência — disse Poritsky.
Foi o que fiz.
— Em frente, marche! — comandou.
Saí.

Então lá estava eu na noite anterior à grande demonstração, ignorante, assustado e com saudade de casa, de guarda num túnel na França. Estava na vigia junto com um garoto chamado Earl Sterling, de Salt Lake.
— Os cientistas vão nos ajudar, é? — Earl me perguntou.
— Foi o que ele disse — respondi.
— Eu só preferia *não* estar sabendo tanto — disse Earl.
Acima, uma grande bomba explodiu e quase estourou os nossos tímpanos. Uma tempestade acontecia no alto, como se houvesse gigantes andando de um lado para outro, destruindo o mundo a chutes. Eram cartuchos das nossas armas, é claro, fazendo de conta que eram o inimigo, fazendo de conta que eles estavam furiosos feito o diabo por causa de alguma coisa. Todo mundo estava enfiado dentro de túneis, para que ninguém se machucasse.
Mas ninguém estava gostando daquele barulho todo, a não ser o capitão Poritsky, e ele parecia estar com bicho carpinteiro.
— Simulado isso, simulado aquilo — falou Earl. — Isso não são bombas simuladas, e eu também não estou simulando estar assustado com elas.

– O Poritsky diz que é música – comentei.
– Dizem que era exatamente assim nas guerras de verdade – falou Earl. – Não entendo como alguém continuava vivo.
– Buracos dão muita proteção – eu disse.
– Mas nos velhos tempos quase ninguém, a não ser os generais, ficava *dentro* de buracos tão bons assim – Earl prosseguiu.
– Os soldados se escondiam em coisinhas rasas sem cobertura sobre suas cabeças. E quando vinham as ordens, tinham que *sair* dos buracos, e ordens desse tipo vinham o tempo todo.
– Imagino que eles ficassem perto do chão – falei.
– Quanto alguém consegue ficar *perto* do chão? – quis saber Earl. – Em alguns lugares, o mato é cortado como se alguém tivesse usado um cortador de grama. Não tem uma árvore de pé. Tem buracos grandes por tudo. Por que as pessoas simplesmente não enlouqueciam naquelas guerras de verdade... ou desistiam?
– As pessoas são engraçadas – eu disse.
– Às vezes eu não acho – afirmou Earl.
Outra bomba grande explodiu, seguida por duas pequenas – bem rápido.
– Você viu aquela coleção da companhia russa? – perguntou Earl.
– Ouvi falar – respondi.
– Chegaram a quase cem crânios – continuou Earl. – Mantinham todos enfileirados numa prateleira feito melões.
– Loucura – eu disse.
– Pois é, colecionar crânios assim – falou Earl. – Mas eles nem têm como não colecionar. Quer dizer, eles não conseguem cavar em *qualquer* direção sem encontrar crânios. O negócio por lá deve ter sido pesado.
– Um negócio pesado deve ter acontecido por tudo isso aqui – eu disse. – Este é um campo de batalha muito famoso da Guerra Mundial. Aqui foi que os americanos acabaram com os alemães. O Poritsky me contou.
– Dois dos crânios têm estilhaços dentro deles – Earl falou.
– Você *viu*?

— Não — respondi.

— Quando a gente sacode eles, dá para ouvir o barulho do estilhaço lá dentro — disse Earl. — Dá para ver os buracos por onde o estilhaço entrou.

— Sabe o que deviam fazer com esses pobres crânios? — perguntei. — Deviam arranjar um monte de capelães de todas as religiões que existem. Deviam dar um funeral decente a todos esses pobres crânios e enterrar todos em algum lugar em que eles *nunca* mais fossem perturbados.

— Não que eles ainda sejam gente — falou Earl.

— Não que eles *nunca* tenham sido gente — eu continuei. — Eles deram suas vidas para que os nossos pais, avós e bisavós pudessem viver. O mínimo que *nós* podemos fazer é tratar seus pobres ossos direito.

— É, mas alguns deles não estavam tentando *matar* nossos tataravós ou quem quer que fossem? — indagou Earl.

— Os alemães *achavam* que estavam melhorando as coisas — respondi. — Todo mundo *achava* que estava melhorando as coisas. O coração deles estava no lugar certo — eu disse. — É a intenção que conta.

A cortina de lona acima do túnel se abriu, e o capitão Poritsky entrou. Ele estava dando um tempo, como se não houvesse nada lá fora pior do que uma garoa quente.

— Não é meio perigoso ir lá para fora, senhor? — perguntei. Ele não *precisava* sair. Havia túneis que iam de todos os lugares para todos os lugares, e ninguém devia sair enquanto o bombardeio estivesse ocorrendo.

— Não é uma profissão meio perigosa esta que escolhemos exercer de livre e espontânea vontade, soldado? — ele retrucou. Pôs o dorso da mão embaixo do meu nariz, e vi que estava atravessado por um longo corte. — Estilhaço! — ele exclamou. Sorriu, enfiou o corte na boca e o chupou.

Então, depois de ter bebido bastante sangue para se segurar por um tempo, olhou para mim e Earl de cima a baixo:

— Soldado — ele me perguntou —, onde está a sua baioneta?

Apalpei em torno do cinto. Eu tinha esquecido a minha baioneta.

– Soldado, e se o inimigo aparecesse por aqui de repente? – Poritsky fez uma dança, como se estivesse colhendo nozes na primavera. – "Desculpem, rapazes... Esperem aqui enquanto eu vou lá pegar a minha baioneta." É *isso* o que você diria, soldado? – perguntou.

Fiz que não com a cabeça.

– Durante os tempos difíceis, uma baioneta é a melhor amiga de um soldado – disse Poritsky. – É quando um soldado profissional é mais feliz, por ser quando ele fica mais próximo do inimigo. Não é verdade?

– Sim, senhor – falei.

– Você anda colecionando crânios, soldado? – Poritsky perguntou.

– Não, senhor – respondi.

– Não faria mal algum você começar a fazer isso – sugeriu Poritsky.

– Não, senhor – disse eu.

– Existe um motivo pelo qual cada um deles morreu, soldado – prosseguiu Poritsky. – Eles não eram bons soldados! Não eram profissionais! Eles cometeram erros! Não aprenderam suas lições bem o bastante!

– Imagino que não, senhor – concordei.

– Talvez você ache que as manobras são duras, soldado, mas elas não estão nem perto de serem duras o bastante – disse Poritsky. – Se eu estivesse no comando, todo mundo estaria lá fora sob aquele bombardeio. O único jeito de conseguir uniformes profissionais é ensangüentando eles.

– Ensangüentando eles, senhor? – repeti.

– Matar alguns homens, para que os outros possam aprender! – exclamou Poritsky. – Diabos... Isto aqui não é um exército! Tem tantas regras de segurança e tantos médicos que eu não vi nem uma unha encravada em seis anos. Vocês não vão se tornar profissionais desse jeito.

— Não, senhor — respondi.
— O profissional já viu tudo, e não se surpreende com nada — continuou Poritsky. — Bem, amanhã, soldado, vocês vão ver trabalho militar de verdade, como não se vê há cem anos. Gases! Bombardeios! Tiroteios! Duelos de baionetas! Mano-a-mano! Você não fica contente, soldado?
— Se eu não fico *o quê*, senhor? — perguntei.
— Você não fica *contente*? — replicou Poritsky.
Olhei para Earl, e então de volta para o capitão.
— Ah, sim, senhor — eu disse. Sacudi a cabeça lenta e pesadamente. — Sim, senhor. — Repeti. — Com certeza.

Quando se está no Exército do Mundo, com todas as novas armas sofisticadas que eles têm, só há uma coisa a fazer. É *preciso* acreditar no que os oficiais dizem, mesmo que não faça sentido. E *os oficiais* precisam acreditar no que os cientistas dizem a eles.

As coisas tinham ficado muito distantes do homem comum, e talvez sempre tenham estado. Ao gritar para nós, soldados, sobre como precisávamos ter muita fé e não fazer perguntas, o capelão apenas choveu no molhado.

Quando Poritsky finalmente nos disse que iríamos para o ataque com a ajuda de uma máquina do tempo, não existia nenhuma idéia inteligente que um soldado comum como eu pudesse ter. Eu só fiquei lá parado feito um dois de paus olhando para a baioneta presa no meu rifle. Me inclinei para frente, apoiando o capacete na boca da arma, e olhei para aquela baioneta como se fosse uma maravilha do mundo.

Todos os duzentos homens na companhia tela-de-tempo estavam numa grande trincheira, ouvindo Poritsky. Ninguém olhava para ele, que estava simplesmente feliz *demais* com o que ia acontecer, tão excitado que devia estar torcendo para tudo aquilo não ser um sonho.

— Homens — disse o capitão maluco —, às cinco horas a artilharia fará duas linhas de chamas com duzentos metros de distância uma da outra. Essas linhas demarcarão as bordas dos raios da máquina do tempo. Nós atacaremos entre as chamas. Homens – prosseguiu –, entre essas linhas será ao mesmo tempo hoje e 18 de julho de 1918.

Beijei a baioneta. Eu gosto do gosto de óleo e ferro em pequenas quantidades, mas isso não encoraja ninguém a engarrafá-los.

– Homens – disse Poritsky –, vocês irão ver algumas coisas que deixariam um civil de cabelos brancos. Vão ver os americanos contra-atacando os alemães nos velhos tempos em Château-Thierry. – Nossa, como ele estava feliz. – Homens – continuou –, será um matadouro no inferno.

Mexi a cabeça para cima e para baixo, fazendo o capacete funcionar como uma bomba movimentando ar sobre a minha testa. Numa hora dessas, coisas insignificantes podem ser extremamente bacanas.

– Homens – continuou Poritsky –, detesto dizer a soldados para não ficarem assustados. Detesto dizer que não há com o que ficar assustado. É um insulto a eles. Mas os cientistas me disseram que 1918 não pode fazer nada conosco e que nós não podemos fazer nada com 1918. Seremos fantasmas para eles, e eles serão fantasmas para nós. Nós os atravessaremos, e eles nos atravessarão, como se fôssemos todos feitos de fumaça.

Soprei no cano do meu rifle. Não consegui tirar um som dele. Ainda bem, porque senão teria atrapalhado a reunião.

– Homens – Poritsky seguiu falando –, eu só gostaria que vocês pudessem se arriscar em 1918, pudessem se arriscar com o pior que eles puderem fazer contra vocês. Então, ao passarem por isso, se transformariam em soldados no melhor sentido da palavra.

Ninguém discutiu com ele.

– Homens – prosseguiu aquele grande cientista militar –, imagino que vocês possam calcular o efeito que teremos sobre o nosso inimigo quando ele vir o campo de batalha cheio desses fantasmas de 1918. Ele *não vai saber* no que atirar – Poritsky estourou na risada e levou um tempo para conseguir se recompor. – Homens – continuava o discurso –, nós iremos rastejar através desses fantasmas. Quando alcançarmos o inimigo, façam eles rezarem a Deus para que nós também fôssemos fantasmas... Façam eles desejarem nunca ter nascido.

Esse inimigo de que ele estava falando não passava de uma fila de postes de bambu com trapos amarrados a pouco menos de um quilômetro de distância. É difícil acreditar que um homem seja capaz de odiar bambu e trapos da forma como Poritsky odiava.

– Homens – continuou Poritsky –, se alguém aqui está pensando em desertar, eis a oportunidade de ouro. Tudo o que é preciso fazer é cruzar uma das linhas de chamas e atravessar a borda do raio. Você desaparecerá dentro do verdadeiro 1918. Não haverá nada de fantasmagórico. E ainda não nasceu um militar maluco o suficiente para ir atrás de você, porque ninguém que cruza para o outro lado consegue voltar.

Limpei entre os dentes da frente com a mira do rifle. Descobri absolutamente sozinho que um soldado profissional é mais feliz quando pode morder alguém. Eu sabia que jamais iria estar à altura deles.

– Homens – Poritsky falou –, a missão desta companhia tela-de-tempo não é diferente da missão de toda a companhia desde o começo dos tempos. A missão desta companhia tela-de-tempo é matar! Alguma pergunta?

Todos tínhamos ouvido a leitura dos Artigos de Guerra. Todos sabíamos que fazer perguntas sensatas era pior do que matar a própria mãe com um martelo. De modo que não houve nenhuma pergunta. Não acho que algum dia tenha havido.

– Preparar as armas – disse Poritsky.
Obedecemos.
– Fixar as baionetas – disse Poritsky.
Obedecemos.
– Vamos lá, garotas? – disse Poritsky.

Ah, esse homem conhece psicologia de trás para frente. Imagino que seja a grande diferença entre oficiais e soldados. Chamar a gente de garotas em vez de rapazes, quando na verdade somos rapazes, nos deixa tão irritados que nem conseguimos enxergar direito.

A gente ia destruir tanto bambu e trapo que não iam mais existir varas de pescar nem colchas de retalho durante séculos.

No meio dos raios daquela máquina do tempo, a gente se sentia como se estivesse gripado, usando lentes bifocais de alguém quase cego, dentro de um violão. Até melhorarem a máquina, ela nunca vai ser nem segura nem popular.

No começo, não vimos ninguém de 1918. Só o que se via eram as trincheiras e o arame farpado onde não havia mais trincheiras ou arame farpado. A gente podia caminhar por cima das trincheiras como se elas tivessem telhados de vidro. A gente podia atravessar o arame farpado sem rasgar as calças. O arame farpado não era nosso – era de 1918.

Havia milhares de soldados nos observando. Era gente de tudo quanto era país.

O espetáculo que a gente apresentou para eles foi simplesmente patético.

Aqueles raios da máquina do tempo nos deixaram enjoados do estômago e meio cegos. A gente devia se divertir e gritar, para mostrar como era profissional. Mas saímos por entre as chamas e quase ninguém soltou um pio, com medo de vomitar. Devíamos avançar agressivamente, só que não dava para saber o que nos pertencia e o que era de 1918. A gente desviava de coisas que não estavam lá e caía sobre coisas que estavam.

Se eu tivesse sido um observador, diria que a gente estava cômico.

Eu era o primeiro homem do primeiro esquadrão do primeiro pelotão daquela companhia tela-de-tempo, e só havia um homem na minha frente. Era o nosso nobre capitão.

Ele só gritava uma coisa para as suas destemidas tropas, e eu pensei que ele gritava aquilo para nos deixar ainda mais sedentos de sangue do que a gente já estava.

– Adeus, escoteiros – gritava ele. – Escrevam para as suas mães regularmente e limpem o nariz quando estiver escorrendo!

Então ele se inclinou e saiu correndo por aquela terra de ninguém o mais rápido que conseguiu.

Fiz o máximo para acompanhar, pela honra dos soldados. Nós dois caíamos e nos levantávamos como dois bêbados, simplesmente nos batendo por tudo naquele campo de batalha.

Ele nunca olhava para trás para ver como eu e o resto estávamos nos saindo. Acho que não queria que ninguém visse como ele estava verde. Eu ficava tentando dizer que a gente tinha deixado todo mundo bem para trás, mas a corrida tirou todo o meu fôlego.

Quando a gente desviou para um lado, na direção de uma das linhas de chamas, imaginei que ele quisesse ir para o meio da fumaça, onde não pudesse ser visto e pudesse vomitar em paz.

Eu tinha acabado de entrar no meio da fumaça atrás dele quando começou um bombardeio de 1918.

Aquele velho mundo desgraçado balançava e girava, espetava e rachava, fervia e queimava. Poeira e aço de 1918 voavam através de Poritsky e de mim por *tudo* quanto era lado.

– Levante! – Poritsky gritou comigo. – Isso é de 1918. Não pode machucar você!

– Machucaria se pudesse! – gritei de volta.

Ele fez como se fosse me chutar na cabeça.

– Levante, soldado! – ele berrou.

Obedeci.

– Volte para perto do resto dos escoteiros – ele ordenou. Apontou para um buraco na fumaça, na direção de onde a gente tinha vindo. Vi que o resto da companhia estava mostrando aos milhares de observadores como é que especialistas se deitavam e tremiam. – É lá que você tem que ficar – disse Poritsky. – Este aqui é o meu espetáculo, e é um espetáculo solo.

– Como assim? – perguntei. Virei a cabeça para seguir uma rocha de 1918 que tinha acabado de voar por cima das *nossas* cabeças.

– Olhe para mim! – ele gritou.

Obedeci.

— Aqui é onde separamos os homens dos meninos, soldado — ele disse.

— Sim, senhor — eu assenti. — Quase ninguém consegue correr tão rápido como o senhor.

— Eu não estou falando de correr — retrucou. — Estou falando de combater!

Ah, foi uma conversa maluca. Perseguidores de 1918 tinham começado a nos atravessar.

Eu achei que ele estava falando de combater contra bambus e trapos.

— Ninguém está se sentindo muito bem, capitão, mas acho que nós vamos vencer — eu disse.

— Eu quero dizer que vou atravessar essas chamas até 1918! — ele bradou. — Ninguém mais é homem o bastante para fazer isso. Agora, caia fora daqui!

Vi que ele não estava brincando nem um pouquinho. Ele realmente achava que seria grandioso poder acenar uma bandeira e parar uma bala, mesmo se fosse numa guerra que tivesse acontecido há cem anos ou mais. Ele queria se envolver, mesmo que a tinta dos tratados de paz estivesse tão desbotada que mal desse para ler.

— Capitão — eu disse a ele —, não passo de um soldado, e soldados não devem nem mesmo dar sugestões. Mas, capitão — eu falei —, não acho que isso faça sentido.

— Eu nasci para *lutar*! — ele gritou. — Estou enferrujando por dentro!

— Capitão — insisti —, tudo o que nos faria lutar já está vencido. A gente tem paz, tem liberdade, todo mundo é irmão, todo mundo tem boas casas e come frango todos os domingos.

Ele não me escutou. Estava caminhando em direção à linha de chamas, em direção à borda do raio da máquina do tempo, onde a fumaça era mais espessa.

Parou pouco antes de entrar em 1918 para sempre. Olhou para baixo, para alguma coisa, e eu pensei que ele tivesse encontrado um ninho de passarinho ou uma margarida naquela terra de ninguém.

Ele não tinha encontrado nem uma coisa nem outra. Me aproximei e vi que ele estava sobre um buraco de bomba de 1918 e que estava pendurado no ar.

Naquele buraco deprimente havia dois homens mortos, outros dois vivos e lama. Eu sabia que dois estavam mortos porque um não tinha cabeça e o outro estava partido ao meio.

Se a pessoa tem coração e vê uma coisa daquelas sob uma fumaça espessa, não vai achar real mais nada do universo. Não havia mais Exército do Mundo, não havia mais paz eterna, não havia mais LuVerne, Indiana, não havia mais máquina do tempo.

Havia só o Poritsky, eu e o buraco.

Se eu algum dia tivesse um filho, eis o que diria a ele: "Filho", eu diria, "nunca brinque com o tempo. Deixe o agora agora e o depois depois. E se algum dia você se perder na fumaça espessa, filho, fique parado até ela se dispersar. Fique parado até conseguir enxergar onde está e aonde está indo, filho."

Eu sacudiria o meu filho e diria: "Filho, você está escutando? Ouça o que o seu pai está dizendo. Ele *sabe* das coisas."

Acho que nunca vou ver um filho meu. Mas gostaria de sentir um, cheirar um e ouvir um. Caramba se não.

Dava para ver por onde as quatro pobres almas de 1918 tinham rastejado dentro daquele buraco, como lesmas ao redor de um aquário. Havia um rastro que saía de cada um – dos vivos *e* dos mortos.

Uma bomba se acendeu dentro do buraco e explodiu.

Quando a lama caiu de volta sobre o buraco, só um ainda estava vivo.

Ele se virou de costas e largou os braços ao longo do corpo. Era como se estivesse oferecendo suas partes frágeis a 1918, para que matasse ele facilmente, se era o que queria tanto fazer.

E então ele viu *a gente*.

Não ficou surpreso de nos ver ali pendurados no ar sobre ele. *Nada* mais poderia surpreender ele. De um jeito lento e atrapalhado, arrancou o rifle do meio da lama e apontou para a gente. Sorriu como se soubesse quem a gente era, como se soubesse que não podia nos fazer nada, como se tudo fosse uma grande brincadeira.

Não havia como uma bala passar por aquele buraco do rifle, de tão entupido que estava de lama. O rifle explodiu.

Isso também não surpreendeu ele, nem pareceu doer. O sorriso que ele deu para a gente, o sorriso sobre a brincadeira, ainda estava lá quando ele caiu para trás e morreu.

O bombardeio de 1918 parou.

Alguém soprou um apito à distância.

— Por que você está chorando, soldado? — perguntou Poritsky.

— Eu não sabia que estava chorando, capitão — respondi. Minha pele parecia muito tensa, e meus olhos estavam quentes, mas eu não sabia que estava chorando.

— Estava e está — disse ele.

Então realmente *chorei*. Eu sabia com certeza que tinha só dezesseis anos, sabia que não passava de um bebezão. Me sentei e jurei que não ia me levantar de novo, mesmo que o capitão chutasse a minha cabeça.

— Lá vão eles! — gritou Poritsky, enlouquecido. — Olhe, soldado, olhe! Americanos! — Disparou a pistola para o alto, como se fosse Quatro de Julho. — Olhe!

Obedeci.

Parecia um milhão de homens atravessando o raio da máquina do tempo. Eles vinham do nada de um lado e se desmanchavam no nada do outro. Tinham os olhos mortos. Botavam um pé na frente do outro como se alguém tivesse dado corda neles.

De repente, o capitão Poritsky me levantou, como se eu não pesasse nada.

— Vamos lá, soldado... Nós vamos com eles! — ele gritou.

Aquele maluco me arrastou através daquela linha de chamas.

Eu gritei, chorei e mordi ele. Mas era tarde demais.

Não havia mais nenhuma chama.

Não havia nada além de 1918 por todos os lados.

Eu estava em 1918 para sempre.

Então houve mais um bombardeio. E era aço e explosivo, e eu era de carne, e então era isso, e o aço e a carne estavam todos misturados.

Acordei aqui.
– Que ano é este? – perguntei.
– 1918 – responderam.
– Onde estou? – perguntei.
Me disseram que eu estava numa catedral que tinha sido transformada em hospital. Queria poder ver. Posso perceber pelos ecos como é alta e grandiosa.

Eu não sou nenhum herói.
Com heróis por todos os lados, eu não tenho nenhum registro de heroísmo. Nunca enfiei a baioneta nem atirei em ninguém, nunca joguei uma granada, sequer vi um alemão, a menos que fossem alemães os homens que estavam naquele buraco terrível.

Devia haver hospitais especiais para heróis, para que os heróis não tivessem que ficar ao lado de tipos como eu.

Quando alguém novo se aproxima para me ouvir falar, sempre digo logo de saída que eu não estava na guerra até dez segundos antes de ser atingido.

– Eu nunca fiz nada para tornar o mundo seguro para a democracia – eu digo. – Quando fui atingido, eu estava chorando feito um bebê, tentando matar meu próprio capitão. Se uma bala não tivesse matado ele, eu teria, e ele era um compatriota americano.

Eu teria matado, sim.
E digo que desertaria de volta para o ano 2037 também, se tivesse a mínima chance.

São duas ofensas passíveis de Corte Marcial só aí.
Mas todos esses heróis daqui não parecem se importar.
– Está tudo certo, parceiro – eles dizem –, só continue falando. Se alguém tentar levar você para a Corte Marcial, vamos todos jurar que vimos você matando alemães com as próprias mãos e com fogo saindo pelas ventas.

Eles gostam de me ouvir falar.

Então eu fico aqui, cego feito um morcego, e conto como cheguei aqui. Conto todas as coisas que vejo com tanta clareza dentro da cabeça – o Exército do Mundo, todos como irmãos, a paz eterna, ninguém com fome, ninguém assustado.

Foi assim que consegui meu apelido. Quase ninguém no hospital sabe meu nome verdadeiro. Não sei quem teve a idéia primeiro, mas todo mundo me chama de Grande Dia.

> DARWIN GAVE THE CACHET OF SCIENCE TO WAR AND GENOCIDE.

Darwin deu o toque da ciência à guerra e ao genocídio.

Armas antes de manteiga

I.

— Você pega um frango assado, corta em pedaços e doura em manteiga derretida e azeite de oliva numa frigideira quente – disse o soldado Donnini. – Uma boa frigideira quente – acrescentou, pensativo.

– Espere um instante – falou o soldado Coleman, escrevendo furiosamente num caderninho. – Um frango de que tamanho?

– De mais ou menos dois quilos.

– Para quantas pessoas? – perguntou incisivo o soldado Kniptash.

– Dá para quatro – respondeu Donnini.

– Não esqueça que boa parte do frango é osso – disse Kniptash, desconfiado.

Donnini era um gourmet. Muitas foram as vezes em que a frase "pérolas aos porcos" lhe ocorreu enquanto explicava a Kniptash como fazer este ou aquele prato. Kniptash não dava a mínima para sabor ou aroma – ele se importava apenas com nutrição pura, com bombas calóricas. Enquanto anotava as receitas em seu caderno, Kniptash tinha uma inclinação a julgar as porções como mesquinhas e a dobrar todas as quantidades envolvidas.

– Por mim, você pode comer tudo sozinho – disse Donnini calmamente.

– Está bem, está bem. E depois, o que eu faço? – perguntou Coleman, com o lápis a postos.

— Você deixa o frango dourar dos dois lados por mais ou menos cinco minutos, acrescenta aipo, cebola e cenoura picados e tempera a gosto. – Donnini apertou os lábios como se estivesse experimentando. – Então, enquanto estiver fervendo em fogo baixo, acrescente uma mistura de xerez e extrato de tomate. Tampe. Ferva por mais ou menos trinta minutos e... – fez uma pausa.

Coleman e Kniptash tinham parado de anotar e estavam encostados na parede, com os olhos fechados... escutando.

— Isso é bom – disse Kniptash, sonhador. – Mas sabe qual é a primeira coisa que eu vou comer quando voltar para os Estados Unidos?

Donnini resmungou consigo próprio. Ele sabia. Tinha ouvido umas cem vezes. Como Kniptash tinha convicção de que não havia no mundo um prato capaz de satisfazer sua fome, ele havia inventado um prato, um monstro culinário.

— Primeiro – disse Kniptash com intensidade – vou pedir uma dúzia de panquecas. Foi o que eu disse, moça – disse, dirigindo-se a uma garçonete imaginária –, doze! Depois vou empilhá-las com um ovo frito entre cada uma. Depois, sabe o que vou fazer?

— Vai derramar mel em cima de tudo – disse Coleman. Ele compartilhava do apetite bestial de Kniptash.

— Pode apostar! – disse Kniptash, com os olhos brilhando.

— Eca – fez o cabo Kleinhans, o guarda alemão deles, com indiferença. Donnini achava que o velho tinha mais ou menos 65 anos. Kleinhans tendia a ficar ausente, perdido em pensamentos. Era um oásis de compaixão e ineficiência no deserto da Alemanha nazista. Dizia que tinha aprendido o inglês aceitável que falava durante quatro anos trabalhando como garçom em Liverpool. Não dizia mais nada sobre suas experiências na Inglaterra, a não ser observar que os britânicos comiam muito mais do que o adequado para a raça.

Kleinhans torceu o bigode à Kaiser Wilhelm e se levantou com a ajuda do antigo rifle de um metro e oitenta.

— Vocês falam demais sobre comida. É por isso que os americanos vão perder a guerra... São frágeis demais. – Lançou um olhar insinuante para Kniptash, que ainda estava afundado até o nariz em panquecas, ovos e mel imaginários. – Vamos, vamos, de volta ao trabalho. – Era uma sugestão.

Os três soldados americanos continuaram sentados na casca sem telhado de um edifício em meio aos tijolos e às madeiras destruídas de Dresden, na Alemanha. Era começo de março de 1945. Kniptash, Donnini e Coleman eram prisioneiros de guerra. O cabo Kleinhans era o guarda deles. Devia mantê-los ocupados, arrumando as bilhões de toneladas de entulho da cidade em pilhas organizadas, pedra por pedra, tirando tudo que bloqueava o caminho do tráfego inexistente. Nominalmente, os três americanos estavam sendo punidos por pequenas desobediências da disciplina da prisão. Na verdade, o fato de eles serem obrigados a marchar para trabalhar nas ruas todas as manhãs sob os sombrios olhos azuis do indiferente Kleinhans não era nem melhor nem pior do que o destino de seus camaradas mais bem comportados atrás do arame farpado. Kleinhans apenas pedia que eles parecessem ocupados quando passassem os oficiais.

No frágil nível de existência dos prisioneiros de guerra comida era a única coisa capaz de produzir qualquer efeito sobre seus espíritos. Patton estava a 160 quilômetros de distância. Ao ouvir Kniptash, Donnini e Coleman falando sobre o Terceiro Exército que se aproximava, alguém poderia pensar que à frente dele vinha não uma infantaria e tanques, mas sargentos-cozinheiros e caminhões-cozinha.

– Venham, venham – disse novamente o cabo Kleinhans. Tirou poeira de argamassa do desengonçado uniforme, o fino e ordinário casaco cinza da guarda civil, o patético exército de velhos. Olhou para o relógio. A hora do almoço, que havia sido meia hora sem nada para comer, tinha acabado.

Melancólico, Donnini folheou o caderno por mais um minuto antes de devolvê-lo ao bolso do casaco e se levantar com esforço.

A loucura do caderno havia começado com Donnini explicando a Coleman como fazer pizza. Coleman anotou a receita num dos muitos cadernos que havia recolhido numa papelaria bombardeada. Ele havia achado a experiência tão satisfatória que logo todos os três estavam obcecados em preencher os cadernos com receitas. Registrar a comida em símbolos de algum modo fazia com que se sentissem muito mais perto da coisa de verdade.

Cada um havia dividido sua caderneta em departamentos. Kniptash, por exemplo, tinha quatro grandes departamentos: "Sobremesas que vou experimentar", "Boas maneiras de preparar carne", "Lanches" e "Miscelânea".

Coleman, de cara feia, continuava a escrever cuidadosamente em seu caderno.

– Quanto de xerez?

– Xerez seco... Precisa ser *seco* – disse Donnini. – Mais ou menos três quartos de xícara. – Viu que Kniptash estava apagando alguma coisa do caderno. – Qual é o problema? Mudando a quantidade para um galão de xerez?

– Não. Eu não estava sequer escrevendo essa aí. Estava mudando outra coisa. Mudei de idéia sobre o que vai ser a primeira coisa que vou querer – disse Kniptash.

– O que vai ser? – perguntou Coleman, fascinado.

Donnini fez uma careta. Kleinhans também. Os cadernos haviam elevado o conflito espiritual entre Donnini e Kniptash, deixando-o em preto e branco. As receitas com que Kniptash contribuía eram exibicionistas, inventadas na hora. As de Donnini eram escrupulosamente autênticas, artísticas. Coleman ficava no meio. Era gourmet *versus* glutão, artista *versus* materialista, belo *versus* fera. Donnini estava grato por ter um aliado, mesmo que fosse o cabo Kleinhans.

– Não me diga ainda – disse Coleman, folheando as páginas. – Espere até eu aprontar a primeira página. – A seção mais importante de cada caderno era, de longe, a primeira página. Por entendimento, era dedicada ao prato pelo qual cada um mais ansiava, acima de todos os outros. Em sua primeira página, Donnini havia escrito carinhosamente a receita de *Anitra al Cognac* – pato cozido com conhaque. Kniptash dedicara o lugar de honra ao seu horror de panquecas. Coleman havia votado com insegurança por presunto e batatas doces caramelizadas, mas havia sido demovido da idéia. Terrivelmente dividido, havia anotado tanto a escolha de Kniptash quanto a de Donnini em sua primeira página, adiando a decisão. Agora, Kniptash o estava tentando com uma modificação em sua atrocidade. Donnini suspirou. Coleman era fraco. Talvez a nova virada de Kniptash o afastasse do *Anitra al Cognac* de vez.

– Não tem mais mel – Kniptash disse com firmeza. – Eu meio que fiquei pensando nisso. Agora sei que está tudo errado. Não combina com ovos, mel não combina.

Coleman apagou.

– E então? – perguntou, com expectativa.

– Calda de chocolate quente por cima – disse Kniptash. – Uma grande porção de calda de chocolate quente... Basta deixá-la em cima para se espalhar pelo resto.

– Hummmmmmmmmm – fez Coleman.

– Comida, comida, comida – resmungou o cabo Kleinhans. – Todo o dia, todos os dias, só ouço falar de comida! Levantem-se. Vão trabalhar! Vocês e seus malditos cadernos idiotas. Isso é roubo, sabiam? Eu posso matar vocês por isso. – Fechou os olhos e suspirou. – Comida – disse baixinho. – Qual é a vantagem de conversar sobre comida, de escrever sobre comida? Falem de garotas. Falem de música. Falem de bebida. – Implorou aos céus com os braços estendidos. – Que tipo de soldados são esses que passam o dia todo trocando receitas?

– Você está com fome também, não está? – disse Kniptash. – O que você tem contra comida?

– Eu tenho o bastante para comer – retrucou Kleinhans imediatamente.

– Seis fatias de pão preto e três pratos de sopa por dia... Isso é o bastante? – perguntou Coleman.

– É o bastante – respondeu Kleinhans. – Eu me sinto melhor. Estava acima do peso antes da guerra. Agora estou em forma como estava quando jovem. Antes da guerra, todo mundo estava acima do peso, vivendo para comer em vez de comendo para viver. – Sorriu com fraqueza. – A Alemanha nunca esteve mais saudável.

– Sim, mas você não sente fome? – insistiu Kniptash.

– Comida não é a única coisa na minha vida, nem a mais importante – respondeu Kleinhans. – Vamos, agora se levantem!

Kniptash e Coleman se levantaram com relutância.

– Tem argamassa ou alguma coisa parecida na ponta do seu cano, velho – disse Coleman. Voltaram lentamente para a rua cheia de lixo, com Kleinhans seguindo atrás, tirando argamassa da boca do rifle com um fósforo e falando mal dos cadernos.

Donnini apanhou uma pedra pequena dentre as milhões, levou-a até o meio-fio e a pousou aos pés de Kleinhans. Descansou por um instante, com as mãos na cintura.

– Está quente – disse.

– Ótimo para trabalhar – disse Kleinhans, sentando-se no meio-fio. – O que você fazia na vida civil? Era cozinheiro? – perguntou, depois de um longo silêncio.

– Eu ajudava meu pai a cuidar do restaurante italiano dele em Nova York.

– Eu tive um restaurante em Breslau por um tempo – disse Kleinhans. – Foi há muito tempo. – Suspirou. – Agora parece uma bobagem quanto tempo e energia os alemães costumavam gastar só para se encher de comida gordurosa. Que desperdício idiota. – Olhou para além de Donnini com raiva. Sacudiu um dedo para Coleman e Kniptash, que estavam juntos no meio da rua, cada um segurando uma pedra do tamanho de uma bola de beisebol numa das mãos e um caderno na outra.

– Eu tenho a impressão de que levava creme azedo – estava dizendo Coleman.

– Larguem esses livros! – ordenou Kleinhans. – Vocês não têm namoradas? Falem das suas namoradas!

– Claro que eu tenho uma namorada – disse Coleman, irritado. – O nome dela é Mary.

– É só isso que você tem a falar sobre ela? – perguntou Kleinhans.

Coleman parecia intrigado.

– O sobrenome dela é Fiske... Mary Fiske.

– Bom, e essa Mary Fiske é bonita? O que ela faz?

Coleman estreitou os olhos, pensativo.

– Uma vez, eu estava esperando que ela descesse do quarto e fiquei observando enquanto sua mãe fazia uma torta de limão com merengue – disse ele. – Ela pegou um pouco de açúcar, um pouco de maisena e uma pitada de sal e misturou tudo com duas xícaras de ág...

– Por favor, vamos falar de música. Vocês gostam de música? – perguntou Kleinhans.

– E daí, o que ela fez? – perguntou Kniptash. Ele havia largado a pedra e agora estava escrevendo no caderno. – Ela usou ovos, não usou?

– Por favor, rapazes, não – pediu Kleinhans.

– Claro que usou ovos – disse Coleman. – E manteiga, também. Muita manteiga e muitos ovos.

II.

Foi quatro dias depois que Kniptash encontrou as barras de giz de cera num porão – no mesmo dia em que Kleinhans havia implorado ser rendido da unidade de punição e recebera um não como resposta.

Quando eles saíram naquela manhã, Kleinhans estava num mau humor terrível e havia xingado seus três fardos por não manterem o passo e por marcharem com as mãos nos bolsos.

– Vão em frente e falem, falem, falem sobre comida, suas mulherzinhas – ele os provocou. – Eu não preciso mais escutar! – Triunfante, tirou dois pedaços de algodão da cartucheira e os enfiou nos ouvidos. – Agora posso pensar meus próprios pensamentos. Rá!

Ao meio-dia, Kniptash esgueirou-se para dentro do porão de uma casa bombardeada esperando encontrar uma prateleira de potes de geléia cheios como os que sabia que havia em seu confortável porão, em casa. Saiu de lá sujo e desanimado, tentando roer um giz de cera verde.

– Que tal? – perguntou Coleman em tom esperançoso, olhando para as barras de giz de cera amarelas, roxas, cor-de-rosa e cor de laranja na mão esquerda de Kniptash.

– Uma maravilha. De que sabor você gosta? Limão? Uva? Morango? – atirou todos no chão e cuspiu o verde em seguida.

Era hora do almoço de novo, e Kleinhans estava sentado de costas para os homens que devia vigiar, pensativo, olhando para o despedaçado horizonte de Dresden. Dois tufos brancos se projetavam para fora de seus ouvidos.

– Sabem o que iria bem agora? – comentou Donnini.

– Um sundae com calda de chocolate quente, nozes e marshmallow – respondeu Coleman imediatamente.

– E cerejas – disse Kniptash.

– *Spiedini alla Romana*! – sussurrou Donnini, de olhos fechados.

Kniptash e Coleman sacaram dos cadernos.

Donnini beijou as pontas dos dedos.

– Carne picada espetada, no estilo romano – disse. – Meio quilo de carne picada, dois ovos, três colheres de sopa de queijo romano e...

– Para quantos? – questionou Kniptash.

– Seis seres humanos normais, ou meio porco.

– Como é isso? – perguntou Coleman.

– Bom, é um monte de coisa enfiada num espeto. – Donnini viu Kleinhans tirar um tampão do ouvido e devolvê-lo quase que instantaneamente. – É meio difícil de descrever. – Coçou a cabeça, e seu olhar pousou sobre as barras de giz de cera. Apanhou o amarelo e começou a desenhar. Interessou-se pelo projeto e, com as outras barras, acrescentou sombras e nuances mais sutis

e, por fim, de fundo, uma toalha de mesa xadrez. Entregou o desenho para Coleman.
— Hummmmmmmmm — fez Coleman, sacudindo a cabeça e lambendo os lábios.
— Rapaz! — disse Kniptash, com admiração. — Os sem-vergonhas praticamente saltam em cima da gente, hein? Coleman estendeu o caderno com entusiasmo. A página em que estava aberto estava intitulada, explicitamente, "BOLOS".
— Você pode desenhar um bolo Lady Baltimore? Você sabe, branco, com cerejas em cima?
Devagarinho, Donnini esforçou-se e obteve um sucesso encorajador. O bolo ficou com ótima aparência e, com um floreio a mais, desenhou em cobertura cor-de-rosa: "Bem-vindo ao lar, soldado Coleman!"
— Desenhe uma pilha de panquecas para mim... Doze — pediu Kniptash. — Foi o que eu disse, moça: doze! — Donnini sacudiu a cabeça em desaprovação, mas começou a esboçar a composição.
— Vou mostrar o *meu* para o Kleinhans — disse Coleman alegremente, segurando seu bolo Lady Baltimore a alguma distância.
— Agora a calda de chocolate quente por cima — falou Kniptash, respirando na nuca de Donnini.
— *Ach! Mensch!** — gritou o cabo Kleinhans, e o caderno de Coleman flutuou feito um passarinho ferido até a confusão de ruínas ao lado. — Acabou a hora do almoço! — Foi até Donnini e Kniptash e arrancou os cadernos deles, enfiando-os no bolso do casaco. — Agora fazemos desenhos bonitinhos! De volta ao trabalho, entenderam? — Com um floreio, prendeu uma baioneta fantasticamente comprida ao rifle. — Vamos! *Em frente!*
— Que diabos deu nele? — surpreendeu-se Kniptash.
— Tudo o que fiz foi mostrar o desenho de um bolo, e ele ficou furioso — reclamou Coleman. — Nazista — falou, baixinho.
Donnini enfiou as barras de giz de cera no bolso e saiu do caminho da terrível espada ligeira de Kleinhans.

* "Ah! Homens!", em alemão no original. (N.T.)

— A Convenção de Genebra diz que soldados devem trabalhar por seu sustento. Trabalhem! — ordenou o cabo Kleinhans.

Ele os manteve suando e resmungando a tarde toda. Latia uma ordem toda vez que um dos três demonstrava alguma tendência a falar.

— Você! Donnini! Aqui, apanhe esta tigela de espaguete — disse, apontando para uma enorme pedra com a ponta do pé. Caminhou até um par de vigas atravessadas no meio da rua. — Kniptash e Coleman, meus rapazes — cantou, batendo palmas —, aqui estão aquelas bombas de chocolate com que vocês andam sonhando. Uma para cada um. — Pôs o rosto a dois centímetros do rosto de Coleman. — Com chantili — sussurrou.

Foi um grupo genuinamente triste o que voltou para o encarceramento da prisão naquela noite. Antes, Donnini, Kniptash e Coleman faziam cena ao voltar meio que mancando, como se estivessem extenuados pelo trabalho terrivelmente duro e pela disciplina rígida. Kleinhans, por sua vez, dava um ótimo espetáculo, xingando-os feito um cão pastor furioso enquanto eles tropeçavam pelo portão. Agora, a aparência deles estava como antes, mas a tragédia que eles retratavam era verdadeira.

Kleinhans escancarou a porta do alojamento e os mandou entrar com um arrogante movimento da mão.

— *Achtung*!* — gritou uma voz vinda de dentro. Donnini, Coleman e Kniptash pararam e estacaram desengonçados, com os calcanhares mais ou menos juntos. Com um estalar de couro, batendo os calcanhares, o cabo Kleinhans deu com o cabo do rifle no chão e ficou o mais ereto que suas velhas costas permitiam, tremendo. Estava em curso uma inspeção surpresa feita por um oficial alemão. Uma vez por mês, podiam esperar uma assim. Um coronel baixo vestindo um casaco com gola de pele e botas pretas estava de pé, com as pernas bem afastadas, diante de uma fileira de prisioneiros. Ao seu lado estava o gordo sargento da guarda. Ambos observavam atentamente o cabo Kleinhans e seus prisioneiros.

---

* "Atenção", em alemão no original. (N.T.)

– Bem – disse o coronel, em alemão –, o que temos aqui?

O sargento precipitou-se a explicar com gestos, os olhos castanhos pedindo aprovação.

O coronel atravessou devagar o piso de cimento com as mãos cruzadas às costas. Parou diante de Kniptash.

– Focê ser um pom caroto, sim?

– Sim, senhor – disse Kniptash, simplesmente.

– Sente muito agora?

– Sim, senhor, com certeza.

– Pom. – O coronel circundou o pequeno grupo várias vezes, zumbindo sozinho, fazendo uma pausa para passar a mão pelo tecido da camisa de Donnini. – Focê entender quanto eu falar inclês?

– Sim, senhor, muito claramente – respondeu Donnini.

– Te que parte tos Estados Unitas eu ter sotaque parrecita? – perguntou, ansioso.

– Milwaukee, senhor. Eu podia jurar que o senhor era de Milwaukee.

– Eu poter ser espion em Milvaukee – disse o coronel, orgulhoso, para o sargento. De repente, seu olhar pousou sobre o cabo Kleinhans, cujo peito ficava um pouco abaixo do nível do seu olhar. Seu bom-humor se evaporou diante de Kleinhans. – Cabo! O bolso do seu casaco está desabotoado! – exclamou, em alemão.

Os olhos de Kleinhans se arregalaram enquanto ele levava a mão até a ofensiva aba do bolso. Febrilmente, tentou prender o botão. Mas o bolso não fechava.

– Você tem alguma coisa no bolso! – disse o coronel, ficando vermelho. – *Este* é o problema. Tire!

Kleinhans tirou dois cadernos do bolso e o abotoou. Suspirou de alívio.

– E o que você tem nos cadernos, hein? Uma lista de prisioneiros? Deméritos, quem sabe? Deixe-me ver. – O coronel arrancou os cadernos dos dedos frouxos. Kleinhans revirou os olhos.

– O que é isso? – perguntou o coronel, incrédulo, falando alto. Kleinhans começou a falar. – Silêncio, cabo! – O coronel ergueu as sobrancelhas e segurou um dos cadernos de modo que o sargento pudesse vê-lo também. – "O que eu fou comer quanto checar em cassa" – leu, lentamente. Sacudiu a cabeça. – Ach! "Toce panquecas com um ofo frito entre cata uma!" "E com calta quente de chocolate em cima!" – Virou-se para Kleinhans. – É isso que você quer, pobre rapaz? – perguntou em alemão. – E que belo desenho você fez também. Hummmmm. – Segurou os ombros de Kleinhans. – Cabos precisam pensar sobre a guerra o tempo todo. Soldados podem pensar sobre o que quiserem... Garotas, comida e coisas boas do gênero... Desde que façam o que os cabos mandarem. – Habilmente, como se tivesse feito aquilo muitas vezes antes, o coronel enfiou as unhas dos polegares sob os botões prateados de cabo nos fechos dos ombros de Kleinhans. Eles bateram na parede como pedrinhas, no extremo oposto do alojamento. – Soldados de sorte.

Mais uma vez, Kleinhans pigarreou e pediu permissão para falar.

– Silêncio, soldado! – o coronelzinho saiu empertigado do alojamento, rasgando os cadernos no caminho.

III.

Donnini estava se sentindo péssimo, assim como, ele sabia, Kniptash e Coleman. Era a manhã seguinte ao rebaixamento de Kleinhans. Por fora, Kleinhans parecia o mesmo. Seu passo estava tão decidido como sempre, e ele ainda parecia capaz de extrair prazer do ar puro e dos sinais da primavera aparecendo nas ruínas.

Quando chegaram à rua em que trabalhavam, pela qual ainda não se podia passar nem mesmo de bicicleta apesar das três semanas de punição, Kleinhans não os amedrontou como fizera na tarde anterior. Também não lhes disse para parecerem ocupados como fizera nos outros dias. Em vez disso, levou-os diretamente para a ruína onde passavam as horas de almoço e fez sinal para que se sentassem. Kleinhans parecia estar dormindo. Ficaram sentados em silêncio, os americanos doídos de remorso.

— Sentimos muito por você ter perdido seu posto por nossa causa — Donnini disse, afinal.

— Soldados de sorte — disse Kleinhans tristemente. — Passei por duas guerras para virar cabo. Agora — estalou os dedos —, puf. Cadernos de receitas são *verboten*.*

— Aqui — disse Kniptash, com a voz trêmula. — Quer fumar? Tenho um cigarro húngaro. — Estendeu o precioso cigarro.

Kleinhans sorriu tristemente.

— Vamos todos fumar. — Ele acendeu o cigarro, deu uma tragada e passou-o para Donnini.

— Onde você conseguiu um cigarro húngaro? — perguntou Coleman.

— Com um húngaro — respondeu Kniptash. Levantou as pernas das calças. — Troquei as meias por eles.

Terminaram o cigarro e se encostaram na alvenaria. Kleinhans ainda não havia falado em trabalho. Parecia novamente distante, perdido em pensamentos.

— Vocês não falam mais de comida? — perguntou Kleinhans depois de mais um longo silêncio.

— Não depois de você ter perdido o seu posto — disse Kniptash, sério.

Kleinhans assentiu.

— Tudo bem. O que vem fácil, vai fácil. — Molhou os lábios. — Muito em breve, tudo vai estar terminado. — Ele se recostou e espreguiçou. — E sabem o que eu vou fazer no dia em que tudo terminar, rapazes? — O soldado Kleinhans fechou os olhos. — Vou comprar um quilo e meio de carne e entremear com bacon. Então vou temperar a carne com alho, sal e pimenta e botá-la numa panela de barro com vinho branco e água — sua voz ficou estridente — e cebolas e folhas de louro e açúcar — levantou-se — e pimenta em grão! Em dez dias, rapazes, ela estará pronta!

---

* "Proibidos", em alemão no original. (N.T.)

– O que estará pronto? – perguntou Coleman entusiasmado, levando a mão aonde o caderno costumava ficar.
– *Sauerbraten*! – gritou Kleinhans.
– Para quantos? – perguntou Kniptash.
– Apenas dois, meu rapaz. Sinto muito. – Kleinhans pousou a mão no ombro de Donnini. – *Sauerbraten* suficiente para dois artistas com fome... Hein, Donnini? – Piscou para Kniptash.
– Para você e Coleman, vou preparar alguma coisa com muita sustança. Que tal doze panquecas com uma fatia de coronel entre cada uma e uma grande porção de calda de chocolate quente por cima, hein?

> DO NOT BE ALARMED.
> THE MAN WHO GAVE
> YOU THIS NOTE IS AN
> AIR RAID WARDEN.
> LIE DOWN ON YOUR
> BACK AND DO WHAT
> HE SAYS.

Não se assuste. O homem que lhe entregou este bilhete é um fiscal de ataque aéreo. Deite-se de costas e faça o que ele mandar.

Feliz aniversário, 1951

— O verão é uma época ótima para fazer aniversário – disse o velho. – E, quando se tem escolha, por que não escolher um dia de verão? – Umedeceu o polegar na língua e folheou o maço de documentos que os soldados haviam lhe dito para preencher. Nenhum documento poderia estar completo sem uma data de nascimento e, para o menino, uma data precisava ser escolhida.
— Hoje pode ser seu aniversário, se você quiser – disse o velho.
— Choveu de manhã – disse o garoto.
— Tudo bem, então... Amanhã. As nuvens estão indo para o sul. Acho que o sol vai brilhar o dia todo amanhã.
Em busca de abrigo da tempestade da manhã, os soldados haviam encontrado o esconderijo onde, milagre dos milagres, o velho e o menino haviam vivido em meio a ruínas por sete anos sem documentos – sem, aparentemente, permissão oficial para estarem vivos. Diziam que ninguém podia receber alimento, abrigo ou roupas sem documentos. Mas o velho e o menino haviam encontrado as três coisas cavando nas catacumbas dos porões sob a cidade destruída durante saques à noite.
— Por que você está tremendo? – perguntou o garoto.
— Porque estou velho. Porque velhos se assustam com soldados.
— Eu não me assusto com eles – disse o menino. Estava excitado com a repentina intrusão em seu mundo subterrâneo. Segurou um objeto dourado e brilhante no raio estreito de luz das janelas do porão. – Está vendo? Um deles me deu um botão de metal.

Não havia nada de assustador nos soldados. Como o homem era muito velho, e o menino, muito novo, os militares tiveram uma visão divertida da dupla – que, de todas as pessoas da cidade, eram as únicas que não haviam registrado sua presença em lugar algum, não haviam sido vacinadas contra doença alguma, não haviam jurado lealdade a nada, renunciado ou se desculpado de nada, nem votado ou marchado por nada desde o começo da guerra.

– Eu não queria fazer mal a ninguém – o velho dissera aos soldados com uma suposta senilidade. – Eu não sabia. – Ele contou aos soldados como, no dia em que a guerra terminou, uma refugiada havia deixado um bebê em seus braços e nunca mais voltara. Foi assim que ficou com o menino. A nacionalidade da criança? O nome? A data de nascimento? Ele não sabia.

O velho tirou batatas do fogão a lenha com um pedaço de madeira e bateu as brasas das cascas escurecidas.

– Eu não fui um pai muito bom, deixando você sem aniversários por tanto tempo – disse. – Você tem direito a um por ano, sabia? E eu deixei seis anos se passarem sem um aniversário. E sem presentes também. Você deve ganhar presentes. – Pegou cuidadosamente uma batata e a atirou para o menino, que a apanhou e riu. – Então você resolveu que amanhã é o dia, é?

– Sim, acho que sim.

– Tudo bem. Isso não me dá muito tempo para conseguir um presente, mas há de aparecer alguma coisa.

– O quê?

– Presentes de aniversário são melhores quando são surpresa. – Pensou nas rodas que havia visto sobre uma pilha de entulho no final da rua. Quando o menino caísse no sono, construiria uma espécie de carrinho.

– Ouça! – disse o menino.

Como ocorria em todo pôr do sol, das ruínas de uma rua distante vinha o som de marcha.

– Não ouça – disse o velho. Levantou um dedo, pedindo atenção. – E sabe o que vamos fazer no seu aniversário?

– Roubar bolos da padaria?

– Talvez... Mas não era nisso que eu estava pensando. Sabe o que eu gostaria de fazer amanhã? Eu gostaria de levar você aonde você nunca foi na vida... Aonde eu não vou há anos. – A idéia deixou o velho empolgado e feliz. Esse seria *o* presente. O carrinho não seria nada. – Amanhã, vou levar você para longe da guerra.

Ele não percebeu que o menino parecia intrigado e um pouco decepcionado.

***

Era o aniversário que o menino tinha escolhido para si, e o céu, como o velho havia prometido, estava limpo. Tomaram café-da-manhã no crepúsculo do porão deles. O carrinho que o velho havia feito tarde da noite estava sobre a mesa. O menino comia com uma mão e mantinha a outra sobre o carrinho. Às vezes, parava de comer para mexer o carrinho para frente e para trás alguns centímetros e imitar o barulho de um motor.

– Que belo caminhão o senhor tem aí, moço – disse o velho. – Está levando animais para o mercado, é?

– Vrummmm, vrummmm. Saia do meu caminho! Vrummmmmmm. Saia do caminho do meu tanque.

– Desculpe – suspirou o velho. – Achei que você fosse um caminhão. De qualquer maneira, você gostou, e isso é o que importa. – Largou o prato de metal dentro do balde de água fervendo sobre o fogão. – E isto é só o começo, só o começo – disse, efusivamente. – O melhor ainda está por vir.

– Mais um presente?

– Mais ou menos. Lembra o que eu prometi? Nós vamos sair da guerra, hoje. Nós vamos para o meio do bosque.

– Vruummmm, vruuummm. Posso levar meu tanque?

– Se você deixar que ele seja um caminhão, pelo menos hoje.

O menino deu de ombros.

– Vou deixar ele aqui e brincar quando voltar.

Ofuscados pela luminosidade da manhã, os dois desceram a rua deserta e viraram num movimentado bulevar alinhado por fachadas novas em folha. Foi como se o mundo de repente houvesse se tornado fresco, limpo e inteiro novamente. As pessoas não pareciam saber que a desolação começava a uma quadra de cada lado do belo bulevar e se estendia por quilômetros. Com o almoço debaixo do braço, os dois caminharam em direção às colinas cobertas de pinheiros ao sul, em direção às quais o bulevar se erguia suavemente.

Quatro jovens soldados desceram pela calçada lado a lado. O velho foi para o meio da rua, para fora do caminho deles. O menino os saudou e segurou firme. Os soldados sorriram, responderam à saudação e abriram caminho para deixá-lo passar.

– Infantaria blindada – o menino disse para o velho.

– Hummmm? – fez o velho, distraidamente, com o olhar fixo nas colinas verdes. – É mesmo? Como você sabia disso?

– Você não viu a fita verde?

– Sim, mas essas coisas mudam. Eu me lembro de quando a infantaria blindada era preta e vermelha, e verde era... – interrompeu a frase. – Nada faz sentido – disse ele, quase com severidade. – Nada faz sentido, e hoje nós vamos esquecer tudo a respeito disso. De todos os dias, no seu aniversário, você não deveria estar pensando em...

– Preto e vermelho é dos engenheiros – interrompeu o menino, em tom sério. – Só preto é a polícia militar, e vermelho é a artilharia, e azul e vermelho é a corporação médica, e preto e cor de laranja é...

O bosque de pinheiros era muito silencioso. O tapete de folhas duras e a cobertura verde com séculos de existência amortecia os sons que subiam da cidade. Infinitas colunatas de grossos troncos marrons cercaram o velho e o menino. O sol, diretamente acima deles, mostrava-se apenas como um aglomerado de pontos brilhantes através do espesso e denso cobertor de folhas e galhos acima.

– Aqui? – perguntou o garoto.

O velho olhou ao redor.
— Não... Só um pouquinho mais. — Apontou. — Lá... Está vendo aquilo lá? Podemos ver a igreja daqui. — O esqueleto negro de um campanário queimado estava emoldurado num quadrado de céu entre dois troncos na beirada do bosque. — Mas, ouça... Está ouvindo isso? É água. Tem um riacho mais acima, e podemos ir até seu pequeno vale para ver apenas os topos das árvores e o céu.

— Tudo bem — disse o menino. — Eu gostei daqui, mas tudo bem. — Olhou para o campanário, então para o velho, e ergueu as sobrancelhas, interrogativamente.

— Você vai ver... Você vai ver como é melhor — disse o velho.

Quando chegaram ao topo da cadeia de montanhas, o velho apontou alegremente para o riacho abaixo.

— Aí está! O que você acha disso? É o Éden! Como era no começo... Árvores, céu e água. Este era o mundo que você sempre deveria ter tido e pelo menos hoje pode ter.

— Olha! — disse o menino, apontando para a cadeia de montanhas do outro lado.

Um enorme tanque enferrujado, da cor das folhas de pinheiro caídas, estava enfiado no caminho destruído da montanha, com marcas de corrosão em torno do buraco negro onde a metralhadora costumava ficar.

— Como podemos atravessar a água para chegar até ele? — perguntou o menino.

— Nós não queremos chegar até ele — respondeu o velho, irritado. Apertou a mão do menino. — Não hoje. Num outro dia talvez a gente possa vir aqui para isso. Mas não hoje.

O menino ficou desapontado. Sua mãozinha afrouxou na do velho.

— Tem uma curva mais à frente, e depois dela vamos encontrar exatamente o que queremos.

O menino não disse nada. Catou uma pedra e a atirou no tanque. Quando o pequeno míssil caiu na direção do alvo, ele se retesou, como se o mundo todo estivesse prestes a explodir. Um clique baixinho veio da torre, e ele relaxou, de certa forma satisfeito. Então seguiu o velho, obediente.

Depois da curva, encontraram o que o velho estava procurando: um platô de pedra liso e seco perto do riacho, cercado por margens altas. O velho se esticou sobre o musgo e bateu afetuosamente no lugar ao seu lado, onde queria que o menino se sentasse. Desembrulhou o almoço.

Depois do almoço, o menino se agitou.

– É muito quieto aqui – disse ele, afinal.

– É como deveria ser – respondeu o velho. – Um canto do mundo... Como deveria ser.

– É solitário.

– Essa é a beleza daqui.

– Eu gosto mais da cidade, com os soldados e...

O velho segurou o braço dele com força, apertando-o.

– Não, você não gosta. Você simplesmente não sabe. Você é jovem demais, jovem demais para saber o que é isto, o que é que estou tentando dar para você. Mas quando estiver mais velho, vai se lembrar e vai querer voltar aqui... Muito depois de o seu carrinho quebrar.

– Eu não quero que o meu carrinho quebre – disse o menino.

– Não vai quebrar, não vai quebrar. Mas por ora simplesmente fique deitado aqui, feche os olhos, ouça o silêncio e esqueça de tudo. Isso eu posso dar para você... Algumas horas longe da guerra. – Fechou os olhos.

O menino deitou ao lado dele e, obediente, também fechou os olhos.

O sol estava baixo no céu quando o velho acordou. Sentia-se dolorido e estava com as roupas úmidas depois do longo cochilo ao lado do riacho. Bocejou e espreguiçou-se.

– Hora de ir embora – disse, com os olhos ainda fechados. – Nosso dia de paz terminou. – E então viu que o menino não estava lá. Chamou-o pelo nome, primeiro despreocupadamente. Depois, tendo recebido resposta apenas do vento, levantou-se e gritou.

O pânico tomou conta do velho. O menino nunca havia estado no bosque antes e podia se perder facilmente se seguisse para o norte, mais para o meio das colinas e da floresta. Subiu num morro mais alto e gritou de novo. Nenhuma resposta.

Talvez o menino tivesse voltado ao tanque e tentado atravessar o riacho. Ele não sabia nadar. O velho correu riacho abaixo, refazendo a curva até onde podia ver o tanque. A feia relíquia o encarou ameaçadoramente do outro lado. Nada se movia, e havia apenas o som do vento e da água.

– Bang! – gritou uma vozinha.

O menino levantou a cabeça da torre do tanque, triunfante.

– Peguei você! – disse.

BLESSED
ARE THE
HAPPY-GO-LUCKY
GIRLS AND BOYS.

Abençoados os meninos e meninas alegres.

Anime-se

Houve um tempo em que eu concordava com meu pai sobre a idéia de que se tornar um respeitado, corajoso, confiável e cortês escoteiro era preparar as bases de uma vida plena. Mas, desde então, tive a oportunidade de refletir de forma mais realista quanto à flexibilidade e agora me pergunto se a vida nas ruas não é uma preparação mais eficiente do que a Patrulha Castor.* Não consigo não achar que meu amigo Louis Gigliano, que fumava charuto desde os doze anos, estava muito mais bem preparado para ter sucesso no caos do que eu, que havia sido treinado para enfrentar as adversidades com uma combinação de canivete de bolso, abridor de latas e perfurador de couro.

O teste da viril arte da sobrevivência que tenho em mente ocorreu num campo de prisioneiros de guerra em Dresden. Eu, um alinhado jovem americano, e Louis, um malandro sem rumo cuja ocupação civil era fornecer drogas para estudantes, encaramos a vida lá dentro juntos. Estou me lembrando agora de Louis porque estou completamente duro e porque sei que Louis está vivendo feito um príncipe em alguma parte deste mundo que ele conhece bem demais. Foi assim na Alemanha.

Sob as provisões democráticas da Convenção de Genebra, nós, como soldados rasos, éramos obrigados a trabalhar por nosso sustento. Quer dizer, todos trabalhávamos, menos o Louis. Seu primeiro ato atrás do arame farpado foi se dirigir a um guarda nazista que falava inglês e dizer que não queria participar da

---

* Uma das denominações comuns às patrulhas que formam uma tropa de escoteiros. (N.T.)

guerra, que ele considerava ser um caso de conflito de irmãos contra irmãos, uma obra de Roosevelt e banqueiros judeus internacionais. Perguntei se ele realmente acreditava naquilo.
– Estou cansado, pelo amor de Deus – respondeu. – Lutei contra eles por seis meses, e agora estou cansado. Preciso de um descanso, e gosto de comer tanto quanto todo mundo. Quer fazer o favor de se animar?
– Prefiro não, obrigado – disse eu, friamente.
Fui mandado para trabalhar numa unidade de resgate e escavação. Louis permaneceu no campo como ajudante do sargento alemão. Ele ganhava rações extras para passar a escova na roupa do sargento três vezes por dia. Eu ganhei uma hérnia arrumando a bagunça deixada pela Força Aérea Americana.
– Colaboracionista! – eu praguejei contra ele depois de um dia particularmente exaustivo nas ruas. Ele estava de pé no portão da prisão ao lado de um guarda, imaculado e animado, cumprimentando com a cabeça os conhecidos da coluna empoeirada e exausta. Sua reação à minha provocação foi caminhar a meu lado até os alojamentos.
Pousou uma mão no meu ombro.
– Dá para encarar as coisas da seguinte maneira, garoto – disse ele. – Você está ajudando os alemães a limparem as ruas para que tanques e caminhões passem por elas novamente. Isso é o que eu chamaria de colaboração. Eu, um colaborador? Você entendeu tudo errado. Tudo o que eu faço para ajudar os alemães a vencerem a guerra é fumar seus cigarros e pegar mais comida deles. Suponho que isso seja ruim...
Caí prostrado no meu beliche. Louis sentou-se num colchão de palha ao lado. Meu braço pendia na lateral do beliche, e Louis mostrou-se interessado pelo meu relógio de pulso, presente da minha mãe.
– Que relógio bonito, muito bonito, garoto – ele disse. E então: – Aposto que deve estar com fome depois de tanto trabalho.
Eu estava faminto. Café com cevada, uma tigela de sopa aguada e três fatias de pão seco não são o tipo de comida capaz de

deliciar o coração de uma criatura depois de nove horas de trabalho duro. Louis foi solidário. Ele gostava de mim, queria ajudar.

– Você é um bom garoto – ele disse. – Olhe só o que vou fazer. Vou propor um negócio rápido a você. Não faz sentido sentir fome. Ora, este relógio vale pelo menos dois pães inteiros. É ou não é um bom negócio?

Àquela altura, dois pães inteiros eram de um fascínio ofuscante. Era uma quantidade incrível de comida para uma pessoa. Tentei barganhar.

– Olhe, amigo – disse ele –, esse é um preço especial para você, e é um preço acima da média. Estou tentando fazer um favor, entende? Tudo o que peço é que não diga nada sobre isso a ninguém, porque senão todo mundo vai querer dois pães por um relógio. Promete?

Jurei por tudo o que era mais sagrado que eu jamais revelaria a magnanimidade de Louis, meuS melhor amigo. Em uma hora, ele estava de volta. Lançou um olhar furtivo pelo ambiente, retirou um pão comprido de dentro de uma japona enrolada e o enfiou embaixo do meu colchão. Esperei que fizesse o segundo depósito. Este não aconteceu.

– Nem sei o que dizer, garoto. O guarda com quem eu negocio me disse que o mercado de relógios caiu muito desde que chegaram todos esses caras da Batalha do Bulge. Foram muitos relógios de uma vez só. Sinto muito, mas quero que você saiba que o Louis conseguiu o máximo por aquele relógio. – Fez um sinal em direção ao pão embaixo do colchão. – Se você se sentir enganado, tudo o que precisa fazer é dizer, que eu levo isso de volta e pego seu relógio de novo.

Meu estômago roncou.

– Ah, caramba, Louis – suspirei –, deixe o pão aí.

Quando acordei na manhã seguinte, olhei no pulso para ver que horas eram. E então lembrei que não possuía mais um relógio. O homem no beliche acima de mim também estava agitado. Perguntei que horas eram. Enfiou a cabeça pelo lado, e vi que ele estava com a boca cheia de pão. Soprou um monte de farelos em cima de mim quando respondeu. Disse que não tinha mais relógio. Mastigou e engoliu até que a maior parte do pedação de pão diminuiu em sua boca e ele conseguiu se fazer entender.

– Vou lá me preocupar com a hora quando o Louis vai me dar dois pães e dez cigarros por um relógio que não valia vinte dólares quando era novo? – perguntou.

Louis tinha o monopólio do entendimento com os guardas. Sua declarada harmonia com os princípios nazistas convenceu os nossos carcereiros de que ele era o único inteligente entre nós, e todos tínhamos de fazer as nossas negociações no mercado negro por meio daquele Judas superficial. Seis semanas depois de estarmos alojados em Dresden, ninguém mais tinha como saber que horas eram exceto por Louis e os guardas. Duas semanas depois disso, Louis havia tirado a aliança de todos os homens casados com o seguinte argumento:

– Tudo bem, vão em frente e sejam sentimentais. Vão em frente e morram de fome. Dizem que o amor é uma coisa maravilhosa.

Seus lucros eram enormes. Depois vim a descobrir que o meu relógio, por exemplo, havia rendido cem cigarros e seis pães inteiros. Qualquer um que saiba o que é passar fome reconhecerá que se tratava de um belo prêmio. Louis converteu a maior parte da sua riqueza no mais negociável de todos os bens: cigarros. E não demorou muito para que as possibilidades de se tornar um agiota de pães lhe ocorressem. Uma vez a cada duas semanas, recebíamos vinte cigarros. Escravos do hábito do tabaco exauriam a ração em um ou dois dias e ficavam em estado frenético até a chegada da ração seguinte. Louis, que estava começando a ficar conhecido como "O Amigo do Povo" ou "João Honesto", anunciou que ele podia emprestar cigarros com uma razoável taxa de juros de cinquenta por cento até a ração seguinte. Logo, estava com a riqueza toda empenhada e aumentando em cinquenta por cento a cada duas semanas. Eu estava terrivelmente endividado com ele, tendo nada para dar de garantia além da minha alma. Critiquei-o pela ganância:

— Cristo expulsou os agiotas do templo — lembrei a ele.

— Aquilo era dinheiro que eles estavam emprestando, garoto — ele respondeu. — Eu não estou implorando que vocês peguem meus cigarros emprestados, estou? Você estão implorando que eu empreste a vocês. Cigarros são luxo, amigo. Você não precisa fumar para sobreviver. Você provavelmente viveria mais se não fumasse. Por que não abandona esse péssimo hábito?

— Quantos você consegue me emprestar até a próxima terça? — perguntei.

Quando a usura havia aumentado seu bolo ao máximo, uma catástrofe, pela qual ele vinha esperando impacientemente, fez com que o valor dos cigarros que tinha em estoque disparasse. A Força Aérea dos Estados Unidos arrasou com as débeis defesas de Dresden para demolir, entre outras coisas, as principais fábricas de cigarros. Como conseqüência, não apenas a ração de cigarros dos prisioneiros de guerra como a dos guardas e também a dos civis foi completamente cortada. Louis era uma figura proeminente das finanças locais. Os guardas se viram sem direito a cigarros e começaram a vender nossos anéis e relógios de volta a Louis por um preço menor do que o que haviam pago a ele. Alguns diziam que sua riqueza chegava a cem relógios. A estimativa do próprio Louis, porém, era de modestos 53 relógios, dezessete alianças de casamento, sete anéis de formatura e um relógio de bolso de família.

— Alguns dos relógios precisam de muito trabalho para ficarem bons — ele me disse.

Quando digo que a Força Aérea atingiu as fábricas de cigarros entre outras coisas, quero dizer que um número de seres humanos explodiu junto — algo em torno de 200 mil. Nossas atividades deram uma virada mórbida. Fomos postos a trabalhar exumando os mortos de suas incontáveis criptas. Muitos dos mortos usavam jóias, e muitos levavam seus pertences preciosos para os abrigos. No começo, evitávamos retirar os bens dos túmulos. Por um lado, alguns de nós acreditavam que roubar cadáveres era uma coisa revoltante. Por outro, ser apanhado em flagrante era morte certa. Foi preciso Louis para nos trazer de volta à realidade.

– Pelo amor de Deus, garoto, você pode conseguir o bastante para se aposentar em quinze minutos. Queria que eles me deixassem sair com vocês só um dia. – Molhou os lábios e continuou: – Vamos fazer o seguinte... Eu realmente vou fazer valer a pena. Você me consegue um bom anel de diamante, e eu lhe forneço cigarro e comida pelo tempo em que ficarmos neste buraco.

Na noite seguinte, levei o anel a ele, enfiado na bainha das calças. Acontece que todo mundo fez a mesma coisa. Quando mostrei o diamante, ele sacudiu a cabeça:

– Ah, que pena – disse. Segurou a pedra na direção da luz: – O pobre garoto arriscou a vida por uma zircônia! – Todo mundo, uma inspeção de um minuto revelou, havia trazido ou uma zircônia ou uma pedra granada ou um diamante. Além disso, observava Louis, qualquer valor que aquilo pudesse ter havia sido destruído por causa de um mercado saturado. Troquei meu saque por quatro cigarros. Outros conseguiram um pouco de queijo, algumas poucas centenas de gramas de pão ou vinte batatas. Alguns mantiveram as jóias. Louis conversava com eles de vez em quando quanto ao perigo de ser apanhado com despojos. – Um pobre-diabo dançou hoje na área Britânica – contava. – Foi apanhado com um colar de pérolas costurado à camisa. Só levaram duas horas para julgá-lo e matá-lo. – Mais cedo ou mais tarde, todo mundo fez negócio com Louis.

Pouco depois de o último de nós ter sido limpo, a S.S. apareceu nos nossos alojamentos para uma inspeção surpresa. A cama de Louis foi a única que passou intacta.

– Ele nunca deixa o campo, e é um prisioneiro perfeito – um guarda explicou rapidamente aos inspetores.

Meu colchão foi cortado, e a palha estava toda espalhada pelo chão quando voltei naquela noite.

No entanto, a sorte de Louis não era invulnerável, já que nas últimas semanas de luta os nossos guardas foram enviados para conter a maré russa, e uma companhia de velhos fracos foi enviada para nos vigiar. O novo sargento não tinha necessidade de um ajudante, e Louis afundou no anonimato do nosso grupo. O aspecto mais humilhante de sua nova situação era a perspectiva de ser incluído numa unidade de trabalho com as pessoas comuns. Isso o incomodou, e ele exigiu uma entrevista com o novo sargento. Conseguiu a entrevista e ficou fora por mais ou menos uma hora.

Quando voltou, perguntei:

– E então, quanto Hitler quer por Berchtesgaden?

Louis carregava um pacote enrolado numa toalha. Abriu o pacote e revelou duas tesouras, algumas tesourinhas menores e uma navalha.

– Sou o barbeiro do campo – anunciou. – Por ordem do comandante do campo, devo tornar vocês apresentáveis.

– E se eu não quiser que você corte o meu cabelo? – perguntei.

– Então a sua ração será cortada pela metade. Isso por ordem do comandante do campo também.

– Você se importa de nos contar como conseguiu essa nomeação? – questionei.

– De modo algum, de modo algum – disse Louis. – Eu só disse a ele que tinha vergonha de me ver associado a um bando de homens relaxados que pareciam gângsteres, e que ele devia se envergonhar de ter um bando tão terrível em sua prisão. Nós dois, o comandante e eu, iremos fazer algo a respeito disso. – Arrumou um banquinho no chão e me levou até ele. – Você é o primeiro, garoto – disse. – O comandante notou esses seus longos cachos e mandou que eu me livrasse deles.

Sentei-me no banquinho, e ele bateu uma toalha em volta do meu pescoço. Não havia um espelho no qual eu pudesse vê-lo cortar os cabelos, mas suas operações pareciam bem profissionais. Fiz uma observação quanto à sua surpreendente habilidade como barbeiro.

— Não é nada, na verdade – respondeu. – Às vezes, surpreendo a mim mesmo. – Terminou com as tesourinhas. – Isso vai custar dois cigarros, ou o equivalente – disse. Paguei-lhe com tabletes de sacarina. Apenas Louis tinha cigarros.

— Quer dar uma olhada? – deu-me um pedaço de espelho. – Nada mau, hein? E o melhor de tudo é que provavelmente é o meu pior trabalho, porque devo melhorar com o tempo.

— Caramba! – gritei. Meu escalpo parecia o lombo de um cachorro com sarna. Pedaços de couro cabeludo alternados com tufos de cabelos desordenados, com gotas de sangue de uma dúzia de pequenos cortes.

— Você quer dizer que por fazer um trabalho desses poderá ficar no campo o dia todo? – rugi.

— Qual é, garoto, acalme-se – disse Louis. – Acho que você está muito bem.

Não havia novidade alguma na situação, afinal. Eram os negócios de sempre com ele. O resto de nós continuou a trabalhar horrores o dia todo e a voltar exausto à noite para ter os cabelos aparados por Louis Gigliano.

Nos EUA, são vencedores *versus* perdedores, e a decisão está tomada.

A armadilha de unicórnio

No ano de 1067, *anno Domini*, na aldeia de Stow-on-the-Wold, na Inglaterra, dezoito homens mortos balançavam pendurados nos dezoito arcos do cadafalso da aldeia. Enforcados por Robert, o Horrível, amigo de William, o Conquistador, eles percorriam a bússola com os olhos parados. Norte, leste, sul, oeste, e norte de novo, não havia esperança para os bons, os pobres e os ponderados.

Do outro lado da estrada do cadafalso vivia Elmer, o madeireiro, sua mulher, Ivy, e Ethelbert, seu filho de dez anos de idade.

Atrás da cabana de Elmer ficava a floresta.

Elmer bateu a porta da cabana, fechou os olhos, lambeu os lábios e sentiu gosto de arrependimento. Sentou-se à mesa com Ethelbert. O mingau deles havia esfriado durante a inesperada visita do escudeiro de Robert, o Horrível.

Ivy apertou as costas contra a parede, como se Deus tivesse acabado de passar por ali. Seus olhos estavam brilhantes, e a respiração, rasa.

Ethelbert olhava para seu mingau frio de forma triste e inexpressiva, com a mente jovem encharcada numa poça de tragédia familiar.

— Ah, mas Robert, o Horrível, não estava magnífico lá fora, montado em seu cavalo? — perguntou Ivy. — Todo aquele ferro, aquela tinta e aquelas penas. E os mantos ultra-sofisticados do cavalo. — Ela agitou os trapos e atirou a cabeça para trás feito uma imperatriz enquanto o bater dos cascos dos cavalos dos normandos se extinguia lentamente.

– Magnífico, é verdade – disse Elmer. Era um homem pequeno com uma cabeça grande. Seus olhos azuis eram inquietos, com uma inteligência infeliz. Sua estrutura pequena era coberta por cordas irregulares de músculos, os grilhões de um homem pensante forçado a trabalhar. – Ele é mesmo magnífico – concordou.

– Digam o que disserem sobre os normandos – falou Ivy –, mas eles trouxeram classe para a Inglaterra.

– Nós estamos pagando por isso – opinou Elmer. – Não existe almoço grátis. – Enfiou os dedos nos cabelos cor de palha de Ethelbert, inclinou a cabeça do menino para trás e procurou nos olhos dele um sinal de que a vida valia a pena ser vivida. Viu apenas a imagem espelhada de sua própria alma perturbada.

– Todos os vizinhos devem ter visto Robert, o Horrível, furioso aí na frente, tão imperioso – disse Ivy, orgulhosa. – Só espere até eles ficarem sabendo que ele mandou seu escudeiro aqui para fazer de você o novo coletor de impostos.

Elmer sacudiu a cabeça, com os lábios frouxos. Vivera para ser amado por sua sabedoria e sua inocência. Agora receberia a ordem de representar a ganância de Robert, o Horrível – ou então morreria horrivelmente.

– Queria fazer um vestido daquilo que o cavalo dele estava usando – continuou Ivy. – Azul, estampado com aquelas cruzinhas douradas. – Ela estava feliz pela primeira vez na vida. – Eu o deixaria parecendo descuidado – ela disse –, todo meio franzido nas costas e arrastando... Só que ele não seria nem um pouco descuidado. E talvez, depois de ter umas roupas decentes, eu pudesse aprender um pouco de francês e parlê vu com as senhoras normandas, muito refinadas e tudo.

Elmer suspirou e segurou as mãos do filho na sua. As mãos de Ethelbert estavam ásperas. Ele tinha as palmas arranhadas, e a terra penetrara nos poros e embaixo das unhas. Elmer seguiu um dos arranhões com a ponta do dedo.

– Como você fez isso? – perguntou.

– Trabalhando na armadilha – respondeu Ethelbert. Ganhou vida, radiante em sua própria inteligência. – Estou atravessando alguns

A armadilha de unicórnio | 105

galhos de árvores sobre o buraco – contou, entusiasmado – para que, quando o unicórnio cair ali, os galhos caiam por cima dele.

– Isso deverá segurá-lo – disse Elmer, carinhosamente. – São poucas as famílias da Inglaterra que podem pensar em jantar um unicórnio.

– Queria que você viesse comigo até a floresta para dar uma olhada na armadilha – disse Ethelbert. – Quero ter certeza de que fiz direito.

– Tenho certeza de que é uma ótima armadilha e *quero* vê-la – falou Elmer. O sonho de apanhar um unicórnio percorria o tecido desgastado da vida do pai e do filho como um fio de ouro.

Ambos sabiam que não havia unicórnios na Inglaterra. Mas haviam concordado na loucura de viver como se houvesse unicórnios por perto, como se Ethelbert fosse apanhar um a qualquer momento, como se a família faminta logo fosse se empanturrar de carne, vendendo o precioso chifre por uma fortuna, vivendo felizes para sempre.

– Há um ano você diz que vai vê-la – protestou Ethelbert.

– Eu ando ocupado – disse Elmer. Ele não queria inspecionar a armadilha, não queria vê-la como o que realmente era: um punhado de gravetos sobre um buraco no chão, transformado pela imaginação do menino numa engrenagem da esperança. Elmer também queria continuar pensando na armadilha como importante e promissora. Era o único lugar onde ainda havia alguma esperança.

Elmer beijou as mãos do filho e sentiu os cheiros misturados de carne e terra.

– Irei vê-la em breve – anunciou.

– E eu teria sobras suficientes daqueles mantos dos cavalos para fazer ceroulas para você e para o pequeno Ethelbert – disse Ivy, ainda encantada. – Vocês não ficariam os tais com ceroulas azuis cheias daquelas cruzinhas douradas?

– Ivy – disse Elmer, pacientemente –, eu gostaria que entrasse na sua cabeça... Robert é *mesmo* Horrível. Ele não vai lhe dar os mantos do cavalo dele. Ele nunca deu *nada* a ninguém.

– Acho que eu posso sonhar, se quiser – retrucou Ivy. – Acho que é privilégio de uma mulher.
– Sonhar com o quê? – perguntou Elmer.
– Se você fizer um bom trabalho, *talvez* ele simplesmente me dê os mantos do cavalo depois que estiverem gastos – disse Ivy. – E talvez, se você recolher tanto imposto que eles mal consigam acreditar, talvez eles nos convidem para ir ao castelo às vezes. – Ela andou toda coquete pela cabana, segurando a cauda de um vestido imaginário acima do piso de terra batida. – Bon jur, missiê, madame – ela falou. – Imagino que as suas senhorias não sejam pobres.
– Este é o seu maior sonho? – perguntou Elmer, chocado.
– E eles lhe dariam algum nome muito distinto, como Elmer, o Sanguinário, ou Elmer, o Louco – continuou Ivy –, e você, eu e Ethelbert iríamos à igreja aos domingos, todos arrumados, e se algum velho servo nos esnobasse, nós iríamos embora e...
– Ivy! – gritou Elmer. – Nós *somos* servos.
Ivy bateu o pé no chão e fez que não com a cabeça.
– Robert, o Horrível, não acabou de nos dar a oportunidade de melhorar? – perguntou ela.
– De ser tão mau como *ele*? – exclamou Elmer. – Isso é melhorar?
Ivy sentou-se à mesa e pôs os pés sobre ela.
– Se alguém se vê preso à classe dominante involuntariamente – disse ela –, esse alguém precisa governar, senão as pessoas perdem todo o respeito pelo governo. – Ela se coçou com gosto. – As pessoas precisam ser governadas.
– Para tristeza delas – falou Elmer.
– As pessoas precisam ser protegidas – afirmou Ivy. – E armaduras e castelos não são baratos.
Elmer esfregou os olhos.
– Ivy, você pode me dizer do que estamos sendo protegidos que seja tão pior do que temos? – ele perguntou. – Eu gostaria de dar uma olhada e então decidir sozinho sobre o que me assusta mais.

Ivy não estava prestando atenção nele. Ela estava emocionada com a aproximação do bater dos cascos dos cavalos. Robert, o Horrível, e seu séquito passaram no caminho de volta para o castelo, e a cabana tremeu com força e glória.

Ivy correu até a porta e a escancarou.

Elmer e Ethelbert saudaram com a cabeça.

Ouviram-se gritos alegres de surpresa entre os normandos.

– *Hien!*

– *Regardez!*

– *Donnez la chasse, mes braves!*

Os cavalos dos normandos se levantaram, giraram e galoparam em direção à floresta.

– Qual é a boa notícia? – perguntou Elmer. – Eles esmagaram alguma coisa?

– Eles viram um cervo! – respondeu Ivy. – Estão correndo atrás dele, com Robert, o Horrível, à frente. – Pôs a mão sobre o coração. – Ele não é um esportista?

– Não é mesmo? – disse Elmer. – Que Deus lhe dê um braço direito forte. – Olhou para Ethelbert esperando um sorriso irônico como resposta.

O rosto magro de Ethelbert estava pálido. Seus olhos, irritados:

– A armadilha... Eles estão indo para onde está a armadilha! – exclamou.

– Se eles puserem um dedo naquela armadilha – falou Elmer –, eu... – As veias de seu pescoço saltaram, e suas mãos se transformaram em garras. Claro que Robert, o Horrível, iria deixar o cuidadoso trabalho do menino aos pedaços se o visse.

– *Pour le sport, pour le sport* – disse, com amargura.

Elmer tentou visualizar modos de assassinar Robert, o Horrível, mas o sonho foi tão frustrante como a vida – uma busca por fraquezas onde não havia fraquezas. O sonho terminava de verdade, com Robert e seus homens montados em cavalos grandes como catedrais, com Robert e seus homens em armaduras de ferro, rindo por trás das barras de seus visores, escolhendo com toda calma entre suas coleções de floretes, correntes, martelos e machados – escolhendo modos de lidar com um madeireiro furioso vestido de trapos.

As mãos de Elmer amoleceram.

– Se eles destruírem a armadilha – disse, baixinho –, nós construiremos outra, melhor do que nunca.

A vergonha pela própria fraqueza deixou Elmer enjoado. O enjôo piorou. Repousou a cabeça sobre os braços dobrados. Quando levantou a cabeça, foi para olhar ao redor com um sorriso de caveira. As coisas tinham passado dos limites.

– Papai! Você está bem? – perguntou Ethelbert, assustado.

Elmer levantou-se trôpego.

– Ótimo – respondeu. – Estou ótimo.

– Você parece tão diferente – disse Ethelbert.

– Eu *estou* diferente – falou Elmer. – Não tenho mais medo. – Agarrou a borda da mesa e gritou: – Não tenho medo!

– Quieto! – rogou Ivy. – Eles vão ouvir você!

– Eu *não* vou ficar quieto! – exclamou Elmer, arrebatadamente.

– É melhor você ficar quieto – disse Ivy. – Você sabe o que Robert, o Horrível, faz com as pessoas que não ficam quietas.

– Sim – falou Elmer. – Ele prega os chapéus delas nas cabeças. Mas, se este for o preço que terei de pagar, pagarei. – Revirou os olhos. – Quando pensei em Robert, o Horrível, destruindo a armadilha do menino, toda a história da humanidade me veio num lampejo!

– Papai, ouça... – disse Ethelbert. – Eu não estou com medo de que ele destrua a armadilha. Estou com medo de que ele...

– Um lampejo! – gritou Elmer.

– Ah, por favor – falou Ivy, fechando a porta, impaciente. – Tudo bem, tudo bem, tudo bem – ela repetiu, com um suspiro. – Vamos ouvir a história da humanidade num lampejo.

Ethelbert puxou a manga do pai.

– Se eu posso me manifestar – disse –, aquela armadilha é uma...

— Os destruidores contra os construtores! — exclamou Elmer. — Eis toda a história da humanidade!

Ethelbert sacudiu a cabeça e falou consigo mesmo.

— Se o cavalo dele chegar a pisar na corda que está presa à raiz que está presa ao... — mordeu o lábio.

— Você já terminou, Elmer? — perguntou Ivy. — Isso é tudo? — Sua ânsia por voltar a observar os normandos era irritantemente transparente. Ele segurou o puxador da porta.

— Não, Ivy — respondeu Elmer, tenso. — Eu ainda *não* terminei. — Afastou a mão dela para longe da porta.

— Você me bateu — espantou-se Ivy.

— Você *passa* o dia com essa coisa aberta! — disse Elmer. — Queria que não tivéssemos uma porta! O dia todo você só fica sentada na frente da porta, assistindo a execuções e esperando que os normandos passem. — Ele tremeu as mãos diante do rosto dela. — Não é de se admirar que o seu cérebro esteja embriagado de glória e violência!

Ivy se encolheu pateticamente.

— Eu só olho — defendeu-se Ivy. — A pessoa fica solitária, e isso ajuda o tempo passar.

— Você tem olhado demais! — esbravejou Elmer. — E eu tenho mais novidades para você.

— É? — perguntou Ivy.

Elmer endireitou os ombros estreitos.

— Ivy — disse ele —, eu não vou ser coletor de impostos para Robert, o Horrível.

Ivy bufou.

— Eu não vou ajudar os destruidores — continuou Elmer. — Meu filho e eu somos construtores.

— Ele vai enforcar você, se não for coletor de impostos — disse Ivy. — Ele prometeu isso.

— Eu sei — respondeu Elmer. — Eu sei. — O medo ainda não havia tomado conta dele. A dor ainda não havia aparecido onde iria aparecer. Havia apenas o sentimento de ter feito algo perfeito afinal... O sabor de um gole d'água de uma nascente fresca e pura.

Elmer abriu a porta. O vento havia refrescado, e as correntes nas quais os homens mortos estavam pendurados cantavam um coro de guinchos lentos e enferrujados. O vento que vinha da floresta levou aos ouvidos de Elmer os gritos dos esportistas normandos.

Os gritos pareceram estranhamente perplexos, inseguros. Elmer imaginou que fosse porque o grupo estava muito distante.

– *Robert? Allo, allo? Robert! Hien! Allo, allo?*
– *Allo? Allo? Hien! Robert... Dites quelque chose, s'il vous plaît. Hien! Hien! Allo?*
– *Allo, allo, allo? Robert? Robert, l'Horrible? Hien? Allo, allo, allo?*

Ivy abraçou Elmer por trás e descansou o rosto nas costas dele.

– Elmer, querido – ela disse. – Eu não quero que você seja enforcado. Eu amo você, querido.

Elmer deu tapinhas na mão dela.

– E eu amo você, Ivy – falou ele. – Vou sentir sua falta.

– Você realmente vai seguir em frente com isso? – perguntou Ivy.

– Chegou a hora de morrer por aquilo em que acredito – afirmou Elmer. – E mesmo que não tivesse chegado a hora, eu ainda assim teria de fazer isso.

– Por quê, por quê? – perguntou Ivy.

Porque eu disse que faria na frente do meu filho – respondeu Elmer. Ethelbert aproximou-se dele, e Elmer abraçou o menino.

A pequena família agora estava ligada por um emaranhado de braços. Os três enroscados se balançavam para frente e para trás enquanto o sol se punha... Balançavam num ritmo que sentiam nos ossos.

Ivy fungou nas costas de Elmer.

– Você só está ensinando a Ethelbert como *ele* também pode ser enforcado – disse ela. – Ele está tão diferente com os normandos agora, é um espanto que ainda não o tenham atirado na masmorra.

— Só espero que Ethelbert tenha um filho como o meu antes de morrer — falou Elmer.
— Tudo parecia estar indo tão magnificamente bem — desabafou Ivy. Explodiu em lágrimas. — Você recebeu a oferta de uma bela posição, com chance de crescimento — continuou, soluçando. — E eu pensei que, talvez, depois que Robert, o Horrível, tivesse gasto os mantos dos cavalos, você pudesse talvez lhe pedir...
— Ivy! — suplicou Elmer. — Não faça com que eu me sinta pior. Conforte-me.
— Seria um pouco mais fácil se eu soubesse o que é que você pensa que está fazendo — disse Ivy.

Dois normandos saíram da floresta, infelizes e desnorteados. Os dois se encararam, abriram os braços e encolheram os ombros.

Um empurrou um arbusto de lado com sua espada larga e olhou para baixo pateticamente:
— *Allo, allo?* — falou. — *Robert?*
— *Il a disparu!* — disse o outro.
— *Il s'est évanoui!*
— *Le cheval, l'armement, les plumes... Tout d'un coup!*
— *Poof!*
— *Hélas!*

Viram Elmer e sua família.
— *Hien!* — um deles gritou para Elmer. — *Avez-vous vu Robert?*
— Robert, o Horrível? — perguntou Elmer.
— *Oui.*
— Sinto muito — disse Elmer. — Não vi nem sinal dele.
— *Eh?*
— *Je n'ai vu pas ni peau ni cheveux de lui* — falou Elmer.
Os normandos se olharam novamente, desolados.
— *Hélas!*
— *Zut!*
Entraram de novo na floresta, lentamente.
— *Allo, allo, allo?*
— *Hien! Robert? Allo?*

— Papai! Escute! – disse Ethelbert, muito excitado.

— Psssiu! – fez Elmer calmamente. – Estou conversando com a sua mãe agora.

— É exatamente como aquela estúpida armadilha de unicórnio – Ivy falou. – Eu nunca entendi isso também. Fui paciente demais em relação àquela armadilha. Nunca disse nada. Mas agora vou falar o que eu penso.

— Fale – pediu Elmer.

— Aquela armadilha não tem nada a ver com nada – disse Ivy.

Os olhos de Elmer encheram-se de lágrimas. A imagem dos gravetos, do buraco na terra, e a imaginação do menino diziam tudo o que havia a ser dito sobre sua vida – a vida que estava prestes a acabar.

— Não existem unicórnios por aqui – afirmou Ivy, orgulhosa do próprio conhecimento.

— Eu sei – disse Elmer. – Ethelbert e eu sabemos disso.

— E você ser enforcado também não vai melhorar as coisas – continuou Ivy.

— Eu sei. Ethelbert e eu sabemos disso também – retrucou Elmer.

— Talvez a burra seja *eu* – disse Ivy.

Elmer de repente sentiu o terror e a solidão e a dor que estavam por vir e que eram o preço da coisa perfeita que ele estava fazendo – o preço do sabor de um gole d'água de uma nascente fresca e pura. Eram emoções muito piores do que a vergonha jamais poderia ser.

Elmer engoliu em seco. Sentiu o pescoço doer onde o nó iria apertar.

— Ivy, querida – falou ele. – Eu espero *mesmo* que você seja.

Naquela noite, Elmer rezou por um novo marido para Ivy, por um coração forte para Ethelbert e que tivesse uma morte misericordiosa e fosse para o paraíso no dia vindouro.

— Amém – disse Elmer.

— Talvez você pudesse apenas *fazer de conta* que é coletor de impostos – pediu Ivy.

— Onde eu conseguiria os impostos de faz de conta? — questionou Elmer.
— Talvez você pudesse ser coletor de impostos só por um tempinho — sugeriu Ivy.
— Apenas por tempo suficiente para ser odiado por um bom motivo — disse Elmer. — *Então* poderia ser enforcado.
— Sempre tem alguma coisa — falou Ivy, ficando com o nariz vermelho.
— Ivy... — disse Elmer.
— Hummm?
— Ivy... Eu entendo o vestido azul cheio de cruzinhas douradas — disse Elmer. — Eu também quero isso para você.
— E as ceroulas para você e Ethelbert — lembrou Ivy. — Não era tudo só para mim.
— Ivy — falou Elmer —, o que eu estou fazendo... É mais importante do que os mantos daqueles cavalos.
— Este é o meu problema — disse Ivy. — Eu simplesmente não consigo imaginar nada mais magnífico do que eles.
— Nem eu — falou Elmer. — Mas isso existe. *Tem* que existir — sorriu tristemente. — O que quer que sejam essas coisas magníficas, será sobre elas que estarei dançando quando dançar no ar amanhã.
— Queria que Ethelbert voltasse — falou Ivy. — Nós devíamos estar todos juntos.
— Ele tinha que conferir a armadilha dele — avisou Elmer. — A vida continua.
— Estou feliz por aqueles normandos finalmente terem ido embora — disse Ivy. — Foi um tal de *allo, hien, hélas, zut* e *poof* que comecei a achar que estava ficando louca. Acho que acabaram encontrando Robert, o Horrível.
— Selando assim a minha maldição — falou Elmer, suspirando. — Vou procurar o Ethelbert — decidiu. — Qual a melhor maneira de um homem passar sua última noite sobre a Terra do que trazendo seu filho de volta da floresta?
Elmer saiu num mundo de noite azul clara sob uma meia-lua. Seguiu o caminho que os pés de Ethelbert haviam trilhado — seguiu-o até os fundos da floresta.

– Ethelbert! – chamou.

Não houve resposta.

Elmer entrou mais na floresta. Galhos açoitaram seu rosto, e arbustos arranharam suas pernas.

– Ethelbert!

Apenas o cadafalso respondeu. As correntes guincharam, e um esqueleto caiu no chão fazendo barulho. Agora havia apenas dezessete corpos sendo exibidos nos dezoito arcos. Havia lugar para mais um.

A ansiedade de Elmer por Ethelbert aumentou. Ela o fez entrar mais e mais na floresta. Chegou a uma clareira e descansou, ofegante, com o suor ardendo nos olhos.

– Ethelbert!

– Papai? – chamou Ethelbert na mata fechada mais à frente. – Venha até aqui e me ajude.

Elmer entrou na mata sem ver nada, tateando diante de si.

Ethelbert segurou a mão do pai na escuridão profunda.

– Cuidado! – exclamou Ethelbert. – Mais um passo e você estará na armadilha.

– Ah – Elmer falou. – *Essa* foi pouco. – Brincando, para fazer o menino se sentir bem, encheu a voz de medo. – Uuuuuuuu! Eu *acho*!

Ethelbert puxou a mão dele para baixo e a pressionou contra alguma coisa deitada no chão.

Elmer espantou-se ao sentir a forma de um grande veado morto. Ajoelhou-se ao lado dele.

– Um cervo! – falou.

Sua voz voltou até ele, aparentemente das profundezas da terra.

– *Um cervo, um cervo, um cervo.*

– Levei uma hora para tirá-lo da armadilha – contou Ethelbert.

– *Armadilha, armadilha, armadilha* – repetiu o eco.

– É mesmo? – perguntou Elmer. – Deus do céu, garoto! Eu não fazia idéia de que a armadilha era tão boa!

– *Boa, boa, boa* – disse o eco.

— Você não sabe da metade — respondeu Ethelbert.
— *Metade, metade, metade* — repetiu o eco.
— De onde está vindo esse eco? — perguntou Elmer.
— *Eco, eco, eco* — disse o eco.
— Bem da sua frente — respondeu Ethelbert. — Da armadilha.

Elmer atirou-se para trás quando a voz de Ethelbert saiu do buraco diante dele, saiu da terra como se viesse dos próprios portões do inferno.

— *Armadilha, armadilha, armadilha.*
— Você *cavou* este buraco? — perguntou Elmer, espantado.
— Deus o cavou — respondeu Ethelbert. — É a chaminé de uma caverna.

Elmer esticou-se exausto no chão. Descansou a cabeça sobre o frio e endurecido traseiro do veado. Havia só uma falha no telhado de vegetação da mata. Através daquela falha vinha a luz de uma estrela brilhante. Elmer viu a estrela como um arco-íris através dos prismas das lágrimas de gratidão.

— Não tenho mais nada para pedir da vida — disse Elmer. — Esta noite, tudo foi dado a mim... E mais, e mais, e mais. Com a ajuda de Deus, meu filho apanhou um unicórnio. — Tocou o pé de Ethelbert e acariciou seu arco. — Se Deus ouve inclusive as orações de um humilde madeireiro e de seu filho, no que o mundo *não pode* se transformar?

Elmer quase caiu no sono, de tão de acordo que estava com o plano das coisas.

Ethelbert o despertou.

— Vamos levar o veado para a mamãe? — perguntou Ethelbert. — Um banquete da meia-noite?

— Não o cervo inteiro — sugeriu Elmer. — É muito arriscado. Vamos cortar alguns bons pedaços de carne e deixar o resto escondido aqui.

— Você tem uma faca? — perguntou Ethelbert.
— Não — falou Elmer. — É contra a lei, você sabe.
— Vou pegar alguma coisa para cortar — disse Ethelbert.

Ainda deitado, Elmer ouviu o filho se abaixar até a chaminé da caverna, ouviu-o procurar e encontrar apoio para os pés mais e mais fundo na terra, ouviu-o gemendo e lutando com troncos lá embaixo.

Quando Ethelbert voltou, estava carregando uma coisa longa que captou o cintilar da única estrela brilhante.

– Acho que isso deve servir – disse.

Deu a Elmer a afiada e larga espada de Robert, o Horrível.

Era meia-noite.

A pequena família estava farta de carne de cervo.

Elmer palitou os dentes com o punhal de Robert, o Horrível.

Ethelbert, de guarda na porta, limpou os lábios com um penacho.

Ivy puxou os mantos dos cavalos sobre si com alegria.

– Se eu soubesse que você iria pegar alguma coisa – comentou ela – não teria achado aquela armadilha uma idéia tão idiota.

– É assim que funcionam as armadilhas – disse Elmer.

Ele se reclinou e tentou se sentir exultante por não ser enforcado no dia seguinte, agora que Robert, o Horrível, estava morto. Mas achou o alívio uma sensação chata em comparação com os outros pensamentos festivos no altivo topo de sua cabeça.

– Só há uma coisa que eu preciso pedir – disse Ivy.

– Diga – replicou Elmer, expansivamente.

– Queria que vocës parassem de fazer pouco de mim, dizendo que isto é carne de unicórnio – falou Ivy. – Vocês acham que eu vou acreditar em qualquer coisa que me disserem?

– *É* carne de unicórnio – afirmou Elmer. – E vou dizer outra coisa em que você pode acreditar. – Vestiu a luva de ferro de Robert, o Horrível, e bateu na mesa com ela. – Ivy... Há um grande dia chegando para o povo.

Ivy olhou para ele com adoração.

– Você e Ethelbert não são uns amores? – comentou ela.

– Saíram para buscar roupas para eu vestir nesse dia.

Ouviu-se o bater de cascos de cavalos à distância.
– Escondam tudo! – disse Ethelbert.
Num instante, todos os vestígios de Robert, o Horrível, e do cervo estavam fora de vista.
Guerreiros normandos, armados até os dentes, trovejaram pela humilde cabana de Elmer o madeireiro.
Gritaram com medo e desafio para os disformes demônios da noite.
– *Hien! Hien! Courage, mes braves!*
O bater dos cascos de cavalos se dissipou.

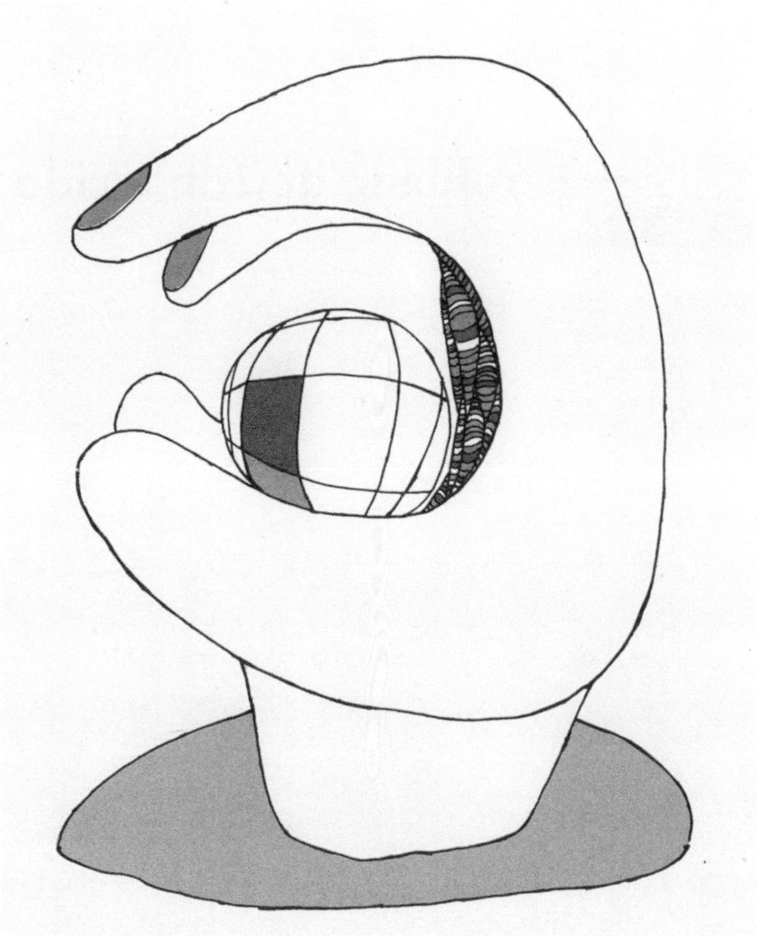

Soldado desconhecido

Foi uma bobagem, é claro, quando disseram que o nosso bebê era o primeiro nascido na cidade de Nova York no terceiro milênio da era cristã – aos dez segundos depois da meia-noite de primeiro de janeiro de 2000. Para começar, o terceiro milênio, como inúmeras pessoas haviam apontado, só começaria em primeiro de janeiro de 2001. Falando em termos do planeta como um todo, o ano novo já tinha seis horas de idade quando a nossa filha nasceu, já que havia começado mais cedo no observatório real de Greenwich, na Inglaterra, onde o tempo começa. Sem falar que o número de anos desde o nascimento de Cristo pode ser apenas aproximado. O dado é muito obscuro. E quem pode dizer em que minuto nasceu uma criança? Quando a cabeça dela apareceu? Quando toda ela estava fora da mãe? Quando o cordão umbilical foi cortado? Como havia muitos prêmios valiosos a serem entregues ao primeiro bebê de 2000 na cidade, a seus pais e ao médico, foi acertado com bastante antecedência pelos organizadores do concurso que cortar o cordão não deveria contar, já que o instante poderia ser atrasado até depois da meia-noite crucial. Poderia haver médicos por toda a cidade com os olhos no relógio e as tesouras a postos e, é claro, com testemunhas presentes, observando as tesouras e o relógio. O médico vencedor ganharia férias com tudo pago numa das poucas ilhas em que um turista ainda consegue se sentir relativamente seguro, que eram as Bermudas. Um batalhão de pára-quedistas britânicos estava baseado lá. Compreensivelmente, os médicos podiam se sentir tentados a falsificar a hora do nascimento, surgindo a oportunidade.

Independentemente do critério, definir o momento do nascimento era muito menos controverso do que declarar quando um óvulo fertilizado era um ser humano dentro do útero da mãe. Para o propósito do concurso, o momento do nascimento era o instante em que os olhos ou as pálpebras do bebê fossem banhados pela primeira vez pela luz do mundo exterior, quando pudessem ser vistos pela primeira vez pelas testemunhas. De modo que o bebê, que foi o que aconteceu com a nossa menina, ainda estaria parcialmente dentro da mãe. Se a criança estivesse sentada, é claro, os olhos teriam sido quase a última coisa a aparecer. E agora vem o aspecto mais sem sentido do concurso que vencemos: se ela tivesse nascido sentada, tivesse síndrome de Down ou espinha bífida ou fosse um bebê viciado em crack ou com AIDS ou coisa parecida, sem dúvida teria sido desclassificada do prêmio por causa de alguma suposta tecnicidade a ver com o tempo em vez de, era o que diriam os juízes, suas variações das supostas normas. Ela deveria, afinal, simbolizar o quão saudáveis e encantadores seriam os próximos mil anos. Uma garantia dada pelos juízes era de que a raça, a religião e a nacionalidade dos pais não poderia de modo algum afetar suas deliberações. E é verdade que eu sou um negro indígena americano, e a minha mulher, embora classificada como branca, nasceu em Cuba. Mas com certeza o fato de eu ser chefe do Departamento de Sociologia da Universidade de Columbia e de minha mulher ser fisioterapeuta no Hospital New York não atrapalhou. Estou convencido de que a nossa bebê venceu vários outros candidatos, inclusive um recém-nascido encontrado numa lata de lixo no Brooklyn, porque nós somos de classe média.

Temos uma perua Ford, três passes vitalícios para a Disney World e um home-theater com uma tela de um metro e oitenta, um videocassete e um sistema de som capazes de reproduzir qualquer tipo de disco ou fita, equipamento para fazer ginástica em casa e assim por diante. E a bebê ganhou um título do governo no valor de 50 mil dólares para quando completasse a maioridade, além de um moisés, um carrinho, um serviço gratuito de fraldas e assim por diante. Mas ela morreu quando tinha apenas seis semanas de vida. O médico que a ajudou a nascer estava nas Bermudas na época e não ficou sabendo. A morte dela não foi uma grande notícia nem lá nem em qualquer outro lugar fora da cidade de Nova York, e nem mesmo o seu nascimento o foi. Não foi uma grande notícia aqui também, já que ninguém além dos promotores daquele concurso estúpido e dos empresários que haviam doado os prêmios levou toda a badalação em torno do bebê a sério, a baboseira sobre o bebê representar tantas coisas maravilhosas, a mistura de raças resultando em beleza e felicidade, o renascimento do espírito que um dia fez de Nova York a maior cidade do mundo na maior nação do mundo, da paz e não sei o que mais. Agora me parece que a minha filha foi como um soldado desconhecido num memorial de guerra, um pouquinho de carne e osso e cabelos exaltado até o ponto da insensatez. Casualmente, quase ninguém foi ao funeral dela. A estação de TV que teve a idéia do concurso enviou um executivo menor, nem sequer uma celebridade, e certamente nenhuma equipe de reportagem. Quem quer assistir ao enterro dos próximos mil anos? Se a televisão se recusa a olhar para alguma coisa, é como se essa coisa jamais tivesse acontecido. Isso pode apagar o que quer que seja, até mesmo continentes inteiros, como a África, hoje um grande deserto, onde milhões e milhões de bebês, com mil anos de história novinhos em folha se agigantando diante deles, morrem de fome. Dizem que foi a síndrome de morte súbita que matou a nossa filha. Trata-se de um defeito genético ainda, e talvez para sempre, indetectável pela amniocentese. Ela era a nossa primeira filha. Ah, tristeza.

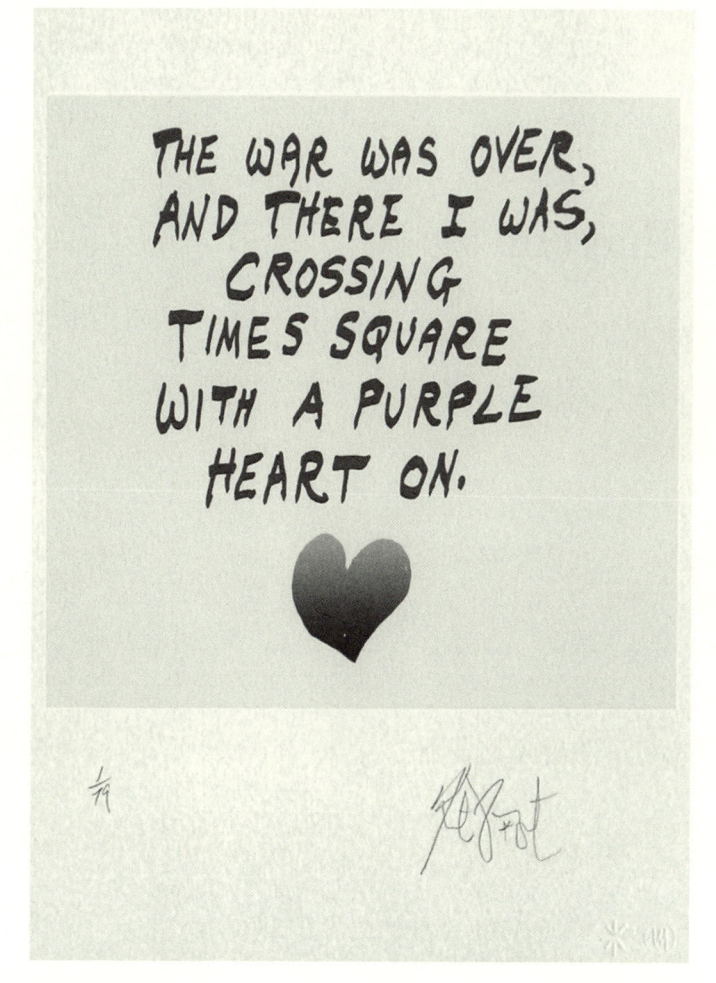

> THE WAR WAS OVER,
> AND THERE I WAS,
> CROSSING
> TIMES SQUARE
> WITH A PURPLE
> HEART ON.

A guerra havia terminado, e lá estava eu, atravessando a Times Square com um Purple Heart* no peito.

---

* Em português, "coração púrpura". Condecoração militar concedida aos soldados feridos em combate. (N.T.)

Pilhagem

Se, no dia do Juízo Final, Deus perguntasse a Paul qual dos dois deveria ser por direito sua residência eterna, Céu ou Inferno, Paul provavelmente sugeriria que, pelos seus próprios padrões e pelos padrões cósmicos, o Inferno era o seu destino – lembrando a atitude desprezível que havia cometido. O Todo-Poderoso, em toda Sua Sabedoria, talvez reconhecesse que a vida de Paul como um todo fora uma vida inocente e que sua consciência sensível já o havia torturado vigorosamente – por aquilo que ele havia feito.

As aventuras extravagantes de Paul como prisioneiro de guerra em Sudetenland perderam suas formas perturbadoras ao se afundarem no passado, mas uma imagem deplorável não saía de sua consciência. A provocação alegre de sua esposa durante um jantar numa noite serviu para lembrá-lo do que ele desejava esquecer. Sue havia passado a tarde com a sra. Ward, vizinha do lado, e a sra. Ward havia lhe mostrado um lindo serviço de prata para 24 pessoas que, Sue ficou impressionada de saber, o sr. Ward havia liberado e trazido para casa da guerra na Europa.

– Querido – Sue o repreendeu –, você não podia ter trazido para casa alguma coisa melhorzinha do que você trouxe?

Não era provável que os alemães lamentassem o saque de Paul, já que um sabre enferrujado e completamente torto da Luftwaffe foi a totalidade de sua pilhagem. Seus companheiros da Zona Russa, sob a anarquia do pós-guerra, livre iniciativa por excelência que durou semanas, voltaram para casa carregados de tesouros feito galeões espanhóis, enquanto Paul se contentou com sua tola relíquia. Embora tenha tido semanas para buscar e tomar o que quisesse, suas primeiras horas como conquistador fanfarrão foram as últimas. O que destruiu seu ânimo e seu ódio, a imagem que o atormentava, começou a tomar forma numa gloriosa manhã de primavera nas montanhas, em 8 de maio de 1945. Paul e seus companheiros prisioneiros de guerra de Hellendorf, em Sudetenland, levaram algum tempo para se acostumar com a ausência dos guardas, que haviam prudentemente fugido para as florestas e para cima dos morros na noite anterior. Ele e dois outros americanos vagaram de modo incerto pela estrada apinhada em direção a Peterswald, outra tranqüila cidade rural de quinhentas almas perplexas pela guerra. A humanidade se movia em correntes de lamentos, fluindo em ambas as direções numa ladainha unânime

– Os russos estão chegando!

Depois de quatro tediosos quilômetros nesse cenário, os três se sentaram à margem de um riacho que atravessava Peterswald, imaginando como poderiam chegar às linhas americanas, perguntando-se se os russos estavam matando todos em seu caminho, como diziam alguns. Perto deles, a salvo num celeiro coberto, um coelho branco sentado na escuridão prestava atenção aos ruídos pouco usuais.

O trio não compartilhava do terror que tomou conta da cidade, não sentia pena alguma.

– Deus sabe que esses cabeças-duras arrogantes vinham pedindo por isso – disse Paul, e os outros assentiram com sorrisos amargos. – Depois do que os alemães fizeram a eles, não se pode culpar os russos, não importa o que façam – afirmou Paul. E mais uma vez os companheiros assentiram.

Ficaram sentados em silêncio e observaram enquanto mães enlouquecidas escondiam seus filhos pequenos em porões e outros se apressavam morro acima e para dentro do bosque ou abandonavam suas casas para fugir pela estrada com alguns poucos pertences preciosos.

Um sujeito de olhos arregalados, um praça britânico exausto, gritou da estrada:

– É melhor se mexerem, parceiros. Ele estão em Hellendorf neste momento!

Uma nuvem de poeira a oeste, o rugido de caminhões, a dispersão de refugiados assustados, e os russos entraram na cidade, atirando cigarros para os cidadãos surpresos e dando beijos molhados e entusiasmados em todos os que ousassem dar as caras. Paul saiu pulando em meio aos caminhões, rindo, gritando e apanhando os pães e os pedaços de carne atirados por aqueles libertadores que escutaram o seu "Americano! Americano!" acima da música de acordeão que jorrava dos caminhões com estrelas vermelhas. Felizes e excitados, ele e os amigos retornaram à margem do riacho com braçadas de comida e imediatamente começaram a se empanturrar.

Mas, enquanto comiam, os outros – tchecos, poloneses, iugoslavos, russos, uma espantosa horda de escravos alemães – chegaram para destruir, saquear e queimar só por diversão, na trilha do exército russo. Sistematicamente, em decididos grupos de três ou quatro, iam de uma casa a outra, derrubando portas, ameaçando os ocupantes e levando o que bem entendessem. Era pouco provável que não vissem as pilhagens, uma vez que Peterswald era bastante estreita, apenas com uma casa de profundidade de cada lado das ruas. Paul achava que milhares deviam ter explorado todas as casas do porão até o sótão antes que surgisse o luar.

Ele e os amigos observaram os dedicados saqueadores trabalhando, dando-lhes sorrisos bobos sempre que um grupo passava. Um par exultante de escoceses havia feito amizade com um desses grupos e, embora estivessem no meio de uma alegre investida, pararam para conversar com os americanos. Cada um deles tinha uma bela bicicleta, inúmeros anéis e relógios de pulso, binóculos, câmeras e outras bugigangas incríveis.

– Afinal – explicou um deles –, nós não vamos querer ficar sentados num dia como este, nunca vamos ter outra chance como esta. Vocês são os vitoriosos, sabiam? Têm direito a qualquer coisa que quiserem.

Os três americanos conversaram sobre o assunto entre eles, com Paul à frente, e convenceram uns aos outros de que seria plenamente justificável que saqueassem os lares dos inimigos. Os três juntos invadiram a casa mais próxima, que estivera vazia desde antes de eles chegarem a Peterswald. A casa já havia sido bem explorada. Não restavam mais vidraças nas janelas, todas as gavetas haviam sido reviradas, todas as roupas arrancadas dos roupeiros. Os armários da cozinha estavam vazios, e travesseiros e colchões tinham sido estripados por outros exploradores. Cada um dos saqueadores que estivera ali antes de Paul e seus amigos examinara as pilhas descartadas pelo predecessor até não restar nada além de retalhos de tecido e alguns potes.

Já era quase noite quando eles terminaram de examinar com minúcia o local deprimente e não encontraram coisa alguma que lhes interessasse. Paul observou que provavelmente não havia muito na casa desde o começo. Quem quer que morasse lá devia ser pobre. A mobília era velha, as paredes estavam descascando e o exterior da casa precisava de pintura e consertos. Mas quando Paul subiu a escada que levava até o minúsculo andar superior, encontrou um ambiente incrível que não se encaixava no padrão empobrecido. Era um quarto decorado em cores alegres, com móveis lindamente entalhados, quadros infantis em paredes listradas e madeiramento recém-pintado. Descartada, havia uma desordenada pilha de brinquedos no chão, no meio do quarto. Os únicos objetos intocados em toda a casa estavam apoiados na parede perto da cabeceira da cama.

– Caramba. Olhem, muletas de crianças.

Não tendo encontrado nada de valor, os americanos concordaram que estava ficando tarde demais para caçar tesouros naquele dia e propuseram que fossem jantar. Tinham uma boa quantidade de comida nas mãos, que haviam ganhado dos russos, mas ficaram com a idéia de que o jantar naquele dia sem dúvida devia ser algo especial, com frango, leite e ovos, e talvez até mesmo um coelho. Em busca de tais delícias, o trio se separou para vasculhar os celeiros e currais vizinhos.

Paul espiou o pequeno celeiro atrás da casa que eles tinham tido a esperança de pilhar. Qualquer comida ou animais vivos que pudessem encontrar lá haviam sido levado para o leste há horas, imaginou. No piso de terra perto da porta havia algumas batatas que ele juntou, mas nada mais. Enquanto enfiava as batatas nos bolsos e se preparava para seguir em frente, ouviu um leve farfalhar num dos cantos. O barulho suave se repetiu. Quando seus olhos se acostumaram à escuridão, pôde ver uma toca em que havia um coelho gordo e branco, com o focinho cor-de-rosa cintilando e movendo-se rapidamente. Era uma sorte sensacional, a *pièce de résistance* para o banquete. Paul abriu a porta e retirou o animal, que não protestou, segurando-o pelas orelhas. Sem nunca ter matado um coelho com as próprias mãos, tinha dúvidas sobre como poderia fazê-lo. Afinal, deitou a cabeça do coelho sobre uma pedra e esmagou seu crânio com as costas de um machado. O animal esperneou um pouco por alguns segundos e morreu.

Satisfeito consigo mesmo, Paul se dedicou a tirar a pele e limpar o coelho, cortando um pé para ter boa sorte nos dias certamente melhores que viriam. Ao terminar, ficou de pé na porta do celeiro, contemplando a paz, o pôr do sol e a correnteza de soldados alemães amedrontados voltando a pé para casa do último bolso de resistência. Com eles iam os exaustos civis que haviam fugido pela estrada naquela manhã, apenas para serem forçados a voltar por causa do avanço russo.

De repente, Paul tomou consciência das três criaturas que se destacaram da lúgubre procissão e foram em sua direção. Fizeram uma pausa diante da casa destruída. Uma onda de remorso e tristeza tomou conta do peito de Paul: "Deve ser a casinha e o celeiro deles", pensou. "Isso tudo deve pertencer a esse velho casal e ao menino aleijado." A mulher chorou, e o homem sacudiu a cabeça. O menino ficava tentando chamar a atenção deles, dizendo alguma coisa e apontando para o celeiro. Paul ficou parado nas sombras, para que eles não pudessem vê-lo, e fugiu com o coelho quando a família entrou na casa.

Levou sua contribuição ao local que os outros haviam escolhido para fazer uma fogueira, um montículo do qual Paul podia ver o celeiro que havia deixado através de uma fresta num quebra-vento. O coelho foi posto com o restante do espólio sobre um pano estendido no chão.

Enquanto os outros se ocupavam da preparação da comida, ele ficou observando o celeiro, porque o menininho havia saído da casa e estava indo na direção do celeiro o mais rapidamente que suas muletas permitiam. Ele desapareceu no celeiro durante um tempo agonizantemente longo. Paul ouviu seu grito abafado e o viu chegar até a porta, carregando a macia pele branca com ele. Esfregou-a na bochecha e então afundou no umbral para enterrar o rosto no pêlo e soluçar profundamente.

Paul desviou o olhar e não olhou novamente. Os outros dois não viram a criança, e Paul não lhes falou nada. Quando os três se sentaram para jantar, um deles começou a agradecer:

– Pai Nosso, agradecemos por este alimento que nos oferece...

A caminho das linhas americanas, passando casualmente de uma cidade a outra, os companheiros de Paul acumularam uma considerável quantidade de tesouros americanos. Por algum motivo, tudo o que Paul levou para casa foi um sabre da Luftwaffe enferrujado e muito torto.

Confie em mim.

Só você e eu, Sammy

I.

Esta história é sobre soldados, mas não é exatamente uma história de guerra. A guerra havia terminado quando tudo aconteceu, então acho que isso a transforma numa história de assassinato. Não de mistério, apenas de assassinato.

Meu nome é Sam Kleinhans. É um nome alemão e, sinto dizer, meu pai esteve envolvido com a German-American Bund* em Nova Jersey por um tempo antes da guerra. Quando descobriu do que se tratava, saiu correndo. Mas muita gente do nosso bairro se envolveu profundamente na organização. Lembro que duas famílias da nossa rua ficaram tão empolgadas com o que Hitler estava fazendo na terra natal que venderam tudo o que tinham e voltaram à Alemanha para morar lá.

Alguns dos filhos deles tinham mais ou menos a minha idade e, quando os Estados Unidos entraram na guerra e eu fui para a Europa como carabineiro, imaginei se não poderia acabar atirando em alguns dos meus antigos amigos de infância. Não acho que tenha feito isso. Descobri depois que a maioria dos garotos da organização que assumiu a cidadania alemã acabou como carabineiro no front russo. Alguns começaram a fazer trabalhos triviais de inteligência, tentando se misturar às tropas americanas sem serem notados, mas não muitos. Os alemães

---

* Liga Germânico-Americana, organização anti-semita e pró-nazista fundada nos Estados Unidos na década de 1930. (N.T.)

achavam que eles não valiam nada – ou pelo menos foi o que um dos nossos antigos vizinhos disse ao papai numa carta pedindo ajuda humanitária. O mesmo homem disse que faria qualquer coisa para voltar para os Estados Unidos, e imagino que todos se sentissem assim.

Estar tão perto deles e do negócio suspeito da associação me deixou bastante constrangido acerca da minha ancestralidade alemã quando finalmente entramos na guerra. Eu devia parecer bem idiota para muitos dos rapazes, falando da forma como fazia sobre lealdade, sobre lutar por uma causa e tudo aquilo. Não que os outros rapazes no exército não acreditassem nessas coisas – é só que não era moderno falar sobre elas. Não durante a Segunda Guerra Mundial.

Pensando naquilo hoje, *sei* que eu era piegas. Lembro-me do que disse na manhã do dia 8 de maio, por exemplo, o dia em que a guerra com a Alemanha terminou.

– Não é uma glória? – comentei.

– O que é uma glória? – perguntou o soldado George Fisher, levantando uma sobrancelha, como se tivesse dito algo muito profundo. Estava coçando as costas numa cerca de arame farpado, pensando em alguma outra coisa, acho eu. Comida e cigarros, provavelmente, e talvez até mesmo em mulheres.

Não era muito inteligente continuar conversando com George. Ele não tinha mais nenhum amigo no campo, e qualquer um que tentasse fazer amizade com ele provavelmente acabaria no mesmo ponto solitário. Todos estávamos dando voltas, e George e eu apenas calhamos – pensei na ocasião – de chegar juntos àquele local perto do portão.

Os alemães o haviam escolhido como líder americano no nosso campo de prisioneiros. Disseram que foi porque ele sabia falar alemão. De qualquer maneira, ele tirou vantagem disso. Estava mais gordo do que o resto de nós – de forma que provavelmente estava pensando em mulheres. Ninguém mais havia mencionado o assunto desde mais ou menos um mês depois que fomos capturados. Todo mundo exceto George estava sobrevivendo a batatas havia oito meses, então, como eu disse, mulheres eram um assunto tão popular como criar orquídeas ou tocar cítara.

Do jeito que eu estava me sentindo na época, se a Betty Grable tivesse aparecido e dito que era toda minha eu lhe diria para me preparar um sanduíche de geléia e manteiga de amendoim. Só que não era a Betty que estava indo ver George e a mim naquele dia – era o exército russo. Nós dois, de pé na estrada, diante do portão da prisão, ouvíamos os tanques gemendo no vale, recém começando a subir até onde estávamos.

As armas pesadas voltadas para o norte, que vinham chacoalhando as vidraças da prisão havia uma semana, estavam quietas agora, e os nossos guardas haviam desaparecido durante a noite. Antes disso, o único tráfego na estrada havia sido o das carroças de alguns fazendeiros. Agora, ela estava lotada de pessoas se acotovelando e gritando – empurrando, tropeçando, xingando. Tentando atravessar as colinas até Praga antes de os russos os alcançarem.

Um medo assim também pode contagiar pessoas que não têm nada a temer. Nem todas as pessoas fugindo dos russos eram alemãs. Lembro-me de um praça britânico, por exemplo, que George e eu vimos caminhando na direção de Praga como se o diabo estivesse atrás dele.

– É melhor se mexerem, ianques! – ele arfou. – Os russos estão só a uns três quilômetros daqui, sabiam? Não querem se misturar com eles, querem?

Uma coisa boa de se estar meio faminto, o que imagino que o praça não estava, é o fato de que é difícil se preocupar com qualquer outra coisa além de se estar meio faminto.

– Você entendeu tudo errado, parceiro – gritei para ele. – Nós estamos do lado deles, pelo que sei.

– Eles não estão perguntando de onde as pessoas são, ianque. Estão atirando em tudo o que podem, só por diversão – fez a curva e desapareceu de vista.

Dei risada, mas fui surpreendido ao me virar para o George. Ele estava passando os dedos curtos nos cabelos ruivos, e seu rosto gordo e redondo estava branco enquanto ele olhava pela estrada na direção de onde os russos estariam vindo. Aquilo era algo que nenhum de nós jamais tinha visto antes – George com medo. Até então, ele tinha estado no controle de qualquer situação, fosse conosco ou com os alemães. Era casca-grossa e sabia se safar de qualquer coisa blefando ou adulando. Alvin York teria se impressionado com algumas de suas histórias de combate. Éramos todos da mesma divisão, exceto George. Ele havia sido levado para a prisão completamente sozinho e dizia que estava no front desde o Dia D. O restante de nós era de uma unidade do exército que havia sido capturada num ataque antes de completarmos uma semana na linha. George era um veterano de verdade e merecedor de muito respeito. E conseguiu. De má vontade, é verdade, mas conseguiu – até o Jerry ser morto.

– Me chame de dedo-duro de novo, parceiro, e eu esmago a sua cara feia – eu o ouvi dizer a um cara cujos cochichos um dia escutou. – Você sabe muito bem que faria a mesma coisa se tivesse a oportunidade. Eu só estou enganando os guardas por comida. Como acham que estou do lado deles, me tratam muito bem. Não estou machucando ninguém, então, cuidem da vida de vocês!

Isso foi alguns dias depois da fuga, depois que Jerry Sullivan foi morto. Alguém havia avisado os guardas sobre a fuga, ou pelo menos era o que parecia. Os guardas estavam esperando do outro lado da cerca, na boca do túnel, quando Jerry, o primeiro homem a passar, saiu rastejando. Os guardas não precisavam atirar nele, mas atiraram. Talvez o George não tivesse dito nada aos guardas – mas ninguém lhe dava o benefício dessa dúvida quando ele não estava por perto.

Ninguém dizia nada diretamente para ele. Ele era grande e saudável, como já contei, e continuava ficando cada vez mais gordo e mal-humorado enquanto o resto de nós se transformava num bando de espantalhos sonolentos .

Mas agora, com os russos a caminho, a coragem de George parecia ter acabado.

— Vamos para Praga, Sammy. Só você e eu, para viajarmos rápido – disse ele.

— Qual é o problema com você? – perguntei. — Nós não precisamos correr de ninguém, George. Acabamos de vencer uma guerra e você está agindo como se tivéssemos perdido. Praga fica a cem quilômetros de distância, pelo amor de Deus. Os russos vão estar aqui em uma hora, mais ou menos, e eles provavelmente vão mandar caminhões para nos levar de volta às nossas linhas. Fique calmo, George... Você não está ouvindo tiros, está?

— Eles vão atirar na gente, Sammy, é certo que vão. Você nem parece um soldado americano. Eles são selvagens, Sammy. Vamos lá, vamos enquanto ainda temos chance.

Ele tinha uma certa razão quanto às minhas roupas. Elas estavam rasgadas, manchadas e remendadas, e eu parecia mais um mendigo do que um soldado americano. Mas, como você pode imaginar, George ainda estava bastante bem. Os guardas o mantinham com cigarros, bem como com comida, e ele podia trocar os cigarros por praticamente qualquer coisa que quisesse no campo. Desse jeito, conseguiu várias mudas de roupa, e os guardas o deixavam usar um ferro que tinham no alojamento deles, de modo que ele era o modelo de elegância do campo.

Agora o jogo tinha terminado. Não havia mais ninguém para fazer escambos com ele, e os homens que cuidavam tão bem dele não estavam mais lá. Talvez fosse isso o que o estava assustando, e não os russos.

— Vamos lá, Sammy – ele disse.

George estava implorando para mim, uma pessoa com quem não havia trocado uma palavra de amizade durante oito meses de convivência.

— Vá em frente, se quiser – eu falei. — Você não precisa pedir a minha permissão, George. Vá em frente. Eu vou ficar aqui com o resto do pessoal.

Ele não se moveu.

– Você e eu, Sammy, nós vamos ficar juntos – sorriu e passou o braço em volta dos meus ombros.

Eu me desvencilhei dele e atravessei o pátio da prisão. Tudo o que tínhamos em comum eram os cabelos ruivos. Ele me deixou preocupado: eu não conseguia entender qual era seu objetivo em de repente se tornar um grande amigo meu. E George era o tipo de cara que sempre tinha um objetivo.

Ele me seguiu para o outro lado do pátio e pôs o imenso braço em volta dos meus ombros de novo.

– Está bem, Sammy, vamos ficar aqui e esperar.

– Eu não dou a mínima para o que você vai fazer.

– Está bem, está bem – ele riu. – Eu só ia sugerir, já que temos mais ou menos uma hora de espera, por que você e eu não descemos a estrada um pouco e vemos se não conseguimos alguns cigarros e lembranças? Com os dois falando alemão, podemos nos sair muito bem, você e eu.

Eu estava morrendo de vontade de fumar um cigarro, e ele sabia disso. Eu havia trocado minhas luvas por dois cigarros com ele uns dois meses antes – quando estava muito frio – e não fumava desde então. George me fez começar a pensar em como seria aquela primeira tragada. Devia haver cigarros na cidade mais próxima, Peterswald, três quilômetros colina acima.

– O que me diz, Sammy?

Dei de ombros.

– Ah, caramba... Vamos lá.

– É isso aí, garoto.

– Aonde vocês estão indo? – gritou um dos rapazes no pátio da prisão.

– Vamos sair para dar uma olhada por aí – respondeu George.

– Voltamos em uma hora – acrescentei.

– Querem companhia? – gritou o sujeito.

George continuou caminhando e não respondeu.

– Arranje um bando, e eles vão acabar com tudo – disse, piscando. – Dois está perfeito.

Olhei para ele. Tinha um sorriso fixo no rosto, mas isso não evitou que eu visse que ele ainda estava muito assustado.

– Você está com medo de quê, George?

– O velho Georgie com medo de alguma coisa? Sem chance.

Assumimos nosso lugar no meio da multidão barulhenta e começamos a subir o suave aclive até Peterswald.

II.

Às vezes, quando penso no que aconteceu em Peterswald, invento desculpas para mim mesmo – que eu estava bêbado, que estava um pouco louco depois de ter ficado preso e faminto por tanto tempo. O inferno é que eu não fui forçado a fazer o que fiz. Eu não fui encurralado. Fiz porque quis.

Peterswald não era o que eu imaginava. Eu esperava que tivesse pelo menos uma ou duas lojas onde pudéssemos mendigar ou roubar dois cigarros e alguma coisa para comer. Mas a cidade não passava de duas dúzias de fazendas, todas com muro e portão de três metros. Eram todas amontoadas no topo de uma colina, com vista para os campos, de modo que formavam um forte sólido. Com tanques e artilharia a caminho, porém, Peterswald não passava de uma barbada, e não parecia que alguém estava a fim de fazer os russos brigarem por ela.

Aqui e ali uma bandeira branca – um lençol na ponta de um cabo de vassoura – agitada de uma janela no segundo andar. Todos os portões ficavam abertos – rendição incondicional.

– Esta aqui serve – disse George. Agarrou o meu braço, me arrastou para fora da multidão, atravessou o portão e entrou no jardim da primeira fazenda por que passamos.

O jardim era cercado em três lados pela casa e pelos prédios da fazenda, com o muro e o portão passando pelo quarto lado. Olhando através das portas abertas para dentro dos celeiros vazios e através das janelas para dentro da casa silenciosa, senti-me pela primeira vez como o que eu realmente era – um estranho preocupado. Até então, eu havia caminhado, falado e agido como se fosse um caso especial, um americano, de algum modo de fora daquela bagunça européia, sem nada a temer. Caminhar por uma cidade fantasma me fez mudar de idéia...

Ou talvez eu estivesse começando a sentir medo de George. Dizer isso agora pode parecer uma impressão retroativa – não sei ao certo. Talvez, bem no fundo, eu *estivesse* começando a me perguntar. Os olhos dele ficavam grandes e interessados demais sempre que eu dizia alguma coisa, e ele não conseguia tirar as mãos de cima de mim, tocando, batendo, estapeando; e todas as vezes que falava sobre o que queria fazer em seguida, era "Você e eu, Sammy...".

– Alô! – gritou. Recebeu um rápido eco das paredes ao nosso redor como resposta, seguido do silêncio. Ainda estava segurando o meu braço, que apertou levemente. – Não está aconchegante aqui, Sammy? Parece que estamos com a casa só para nós. – Fechou o portão e atravessou a trave de madeira por ele. Não acho que eu poderia ter movido o portão na ocasião, mas George o fechara sem sequer mudar o semblante. Voltou para o meu lado, espanando as mãos e sorrindo.

– Qual é a história, George?

– Ao vencedor, as batatas... Não é assim? – Abriu a porta da frente com um chute. – Bem, vamos entrar, garoto. Sirva-se. O Georgie acabou de arrumar as coisas para que ninguém nos incomode até que estejamos por dentro da situação. Vá encontrar alguma coisa bem legal para sua mãe e sua namorada, certo?

– Só quero um cigarro – eu disse. – Por mim, você pode abrir o maldito portão.

George tirou um maço de cigarros do bolso de sua japona.

– Eis o tipo de amigo que eu sou – riu. – Pegue um.

– Por que me fazer caminhar até Peterswald por um cigarro quando você tinha um maço inteiro desde o começo?

Ele entrou na casa.

– Eu gosto da sua companhia, Sammy. Você deveria se sentir lisonjeado. Os ruivos devem ficar juntos.

– Vamos sair daqui, George.
– O portão está fechado. Não há por que ter medo, Sammy, exatamente como você disse. Alegre-se. Vá até a cozinha e coma alguma coisa. É o seu único problema. Você vai se arrepender pelo resto da vida se deixar passar um negócio como este.
– Virou-se de costas e começou a arrancar gavetas dos móveis, esvaziando-as sobre uma mesa e recolhendo o conteúdo delas. Assoviava uma música antiga que eu não escutava desde o final dos anos 30.

Fiquei de pé no meio da sala, sentindo a tontura agradável das primeiras tragadas profundas no cigarro. Fechei os olhos e, quando os abri novamente, George não estava mais me preocupando. Não havia nada a temer – a crescente sensação de pesadelo havia desaparecido. Relaxei.

– Quem quer que fosse que morava aqui saiu com pressa – disse George, ainda de costas para mim. Levantou uma garrafinha. – Esqueceu do remédio para o coração. A minha velha costumava ter isso em casa por causa do coração. – Pôs o remédio de volta na gaveta. – É igual em alemão e em inglês. Curioso isso na estricnina, Sammy... Pequenas doses podem salvar a sua vida. – Deixou cair um par de brincos nos bolsos carregados. – Esses aqui vão fazer alguma menininha muito feliz – disse.

– Se ela gostar de coisas baratas, vão mesmo.

– Quer fazer o favor de se animar, Sammy? O que você está tentando fazer? Estragar a diversão do seu parceiro? Vá até a cozinha e coma alguma coisa, pelo amor de Deus. Vou até lá num minuto.

No que diz respeito a ser vitorioso e obter despojos, eu não me saí muito mal à minha maneira – três fatias de pão preto e um pedaço de queijo, que esperavam por mim sobre a mesa da cozinha nos fundos da casa. Procurando por uma faca na gaveta do armário para cortar o queijo, fui surpreendido. Havia uma faca lá dentro, é verdade, mas havia também uma pistola, não muito maior do que o meu punho, e um pente de balas cheio ao lado dela. Mexi na arma, descobri como funcionava e enfiei o pente

no lugar para ver se era realmente dela. Era uma graça – um belo suvenir. Dei de ombros e comecei a devolvê-la ao lugar. Hoje seria suicida ser apanhado pelos russos com uma arma.
– Sammy! Onde diabos você está? – gritou George.
Enfiei a arma no bolso das calças.
– Aqui na cozinha, George. O que você encontrou? As jóias da coroa?
– Melhor do que isso, Sammy. – Tinha o rosto rosado e estava respirando pesado quando entrou na cozinha. Parecia mais gordo do que realmente era, com a japona carregada de coisas que ele havia recolhido nos outros ambientes. Largou uma garrafa de conhaque sobre a mesa. – O que você acha disso, Sammy? Agora você e eu podemos fazer uma festinha da vitória, hein? Agora você não pode ir para a sua casa em Jersey e dizer ao pessoal que o velho Georgie nunca lhe deu nada. – Deu um tapa nas minhas costas. – Ela estava cheia quando a encontrei, e está pela metade agora, Sammy... De modo que você está bem atrasado para a festa.
– Vou ficar assim, George. Obrigado, mas isso provavelmente me mataria, do jeito que eu estou.
Sentou-se na cadeira à minha frente com um sorriso grande e alegre no rosto.
– Termine o seu sanduíche e você estará pronto para uma dose. A guerra acabou, garoto! Não é um belo motivo para beber?
– Mais tarde, talvez.
Ele próprio não bebeu mais. Ficou sentado quieto por um tempo, pensando muito em alguma coisa, enquanto eu mastigava a minha comida em silêncio.
– Qual é o problema com o seu apetite? – perguntei, afinal.
– Nada. Está bem como sempre. Eu comi hoje de manhã.
– Obrigado por oferecer um pouco. O que foi? Um presente de despedida dos guardas?
Ele sorriu, como se eu tivesse acabado de lhe prestar uma homenagem pelos negócios ardilosos que fazia.
– Qual é o problema, Sammy... Você me odeia ou coisa parecida?

— Eu disse alguma coisa?
— Não precisa, garoto. Você é como todos os outros. — Recostou-se na cadeira e esticou os braços. — Fiquei sabendo que alguns dos rapazes vão me entregar como colaborador quando a gente voltar para os Estados Unidos. Você vai fazer isso, Sammy?
— Ele estava perfeitamente calmo, bocejando. Seguiu em frente, sem me dar uma chance de responder. — O pobre Georgie não tem um amigo no mundo, não é? Imagino que o resto de vocês vai voar direto para casa, mas imagino que o Exército vá querer ter uma conversinha com Georgie Fisher, não é mesmo, hein?
— Você está maluco, George. Esqueça. Ninguém vai...
Ele se levantou, firmando-se com uma mão sobre a mesa.
— Não, Sammy, eu saquei tudo direitinho. Ser colaborador... É traição, não é? A gente pode ser enforcado por isso, não pode?
— Calma, George. Ninguém vai tentar enforcar você — me levantei devagar.
— Eu disse que saquei tudo direitinho, Sammy. Georgie Fisher é macaco velho. Então, o que você acha que eu vou fazer? — Ele mexeu no colarinho da camisa, arrancou a corrente de identificação e a atirou no chão. — Eu vou ser outra pessoa, Sammy. Eu diria que é uma idéia genial, concorda?
O barulho dos tanques estava começando a fazer a louça zunir nos armários. Saí na direção da porta.
— Não dou a mínima para o que você faz, George. Eu não vou entregar você. Tudo o que quero é chegar em casa inteiro, e estou voltando para o campo agora.
George se colocou entre mim e a porta e pousou a mão no meu ombro. Piscou e sorriu.
— Espere um minuto, garoto. Você não ouviu tudo ainda. Não quer saber o que o seu amigo Georgie vai fazer a seguir? Você vai ficar muito interessado.
— Adeus, George.
Ele não saiu do meu caminho.
— É melhor se sentar e beber um pouco, Sammy. Acalme-se. Você e eu, garoto, nenhum de nós vai voltar para o campo.

Os rapazes de lá sabem como Georgie Fisher é, e isso estragaria tudo, não é verdade? Acho que é melhor esperar uns dois dias, e então me entregar em Praga, onde ninguém me conhece.

– Eu disse que não diria nada, George, e não vou dizer nada.

– Eu disse para você se sentar, Sammy. Beba um pouco. Eu estava tonto e exausto, e o pão preto seco no meu estômago estava me deixando enjoado. Então me sentei.

– Isso, meu amigo – disse ele. – Não vai levar muito tempo, se você enxergar as coisas do meu jeito, Sammy. Eu disse que iria deixar de ser Georgie Fisher e seria outra pessoa.

– Que bom, ótimo, George.

– Acontece que eu vou precisar de um novo nome e uma corrente de identificação que combine com ele. Eu gosto dos seus... Quanto você quer por eles? – Ele parou de sorrir. Não estava brincando. Estava negociando comigo. Inclinou-se sobre a mesa e, com o rosto gordo, rosado e suado a poucos centímetros do meu, sussurrou: – Que que me diz, Sammy? Duzentas pratas em dinheiro e este relógio pela identificação. Isso quase que pagaria por um LaSalle novinho, não? Olhe para o relógio, Sammy... Vale mil pratas em Nova York... Dá as horas, informa a data...

Engraçado o George ter esquecido que o LaSalle não funcionava mais. Tirou um rolo de notas do bolso da cintura. Os alemães haviam tirado o nosso dinheiro quando fomos capturados, mas alguns dos rapazes tinham notas escondidas nos forros das roupas. George, com seu negócio de cigarros, havia conseguido ficar com praticamente cada centavo que os alemães tinham deixado passar. Oferta e procura – cinco pratas o cigarro.

Mas o relógio foi uma surpresa. George o havia mantido em segredo até agora – por um motivo muito bom. O relógio pertencera a Jerry Sullivan, o garoto que havia sido morto na fuga da prisão.

– Onde você conseguiu o relógio do Jerry, George?

George encolheu os ombros.

— Lindo, não é? Dei ao Jerry cem cigarros por ele. Ele me limpou.

— Quando, George?

Ele não estava mais me dando seu grande e confiante sorriso. Estava cruel e ameaçador.

— O que você quer dizer com *quando*? Um pouco antes de ele dançar, se você quer saber. — Passou as mãos pelos cabelos. — Tudo bem, pode dizer que eu provoquei a morte dele. É o que você está pensando, então pode dizer de uma vez.

— Eu não estava pensando isso, George. Só estava pensando como você teve sorte de fazer esse negócio. O Jerry me disse que o relógio havia sido do avô, e que ele não aceitaria trocá-lo por nada. Só isso. Eu fiquei meio surpreso por ele ter feito o negócio — respondi baixinho.

— Qual é o problema? — disse ele, com raiva. — Como eu posso provar que não tive nada a ver com aquilo? Vocês marcaram isso em mim porque eu me dava bem e vocês, não. Eu joguei limpo com o Jerry, e vou matar quem disser o contrário. E agora estou jogando limpo com você, Sammy. Você quer a grana e o relógio ou não?

Eu estava pensando na noite da fuga, lembrando o que Jerry havia dito pouco antes de começar a rastejar para dentro do túnel. "Meu Deus, como eu queria um cigarro", ele disse.

O barulho dos tanques era quase um rugido agora. Eles deviam estar cruzando o campo, subindo o último quilômetro a caminho de Peterswald, pensei. Não havia mais muito tempo para ficar jogando.

— Claro, George, é um bom negócio. Jóia, mas o que eu devo fazer enquanto você for eu?

— Quase nada, garoto. Tudo o que precisa fazer é esquecer quem você é por um tempo. Entregue-se em Praga e diga que perdeu a memória. Enrole-os apenas pelo tempo suficiente para que eu volte aos Estados Unidos. Dez dias, Sammy... Só isso. Vai funcionar, garoto, com nós dois sendo ruivos e tendo a mesma altura.

— E o que acontece quando eles descobrirem que *eu* sou Sam Kleinhans?

— Eu já vou estar há tempos nos Estados Unidos. Nunca vão me encontrar. — Ele estava ficando impaciente. — Vamos lá, Sammy, negócio fechado?

Era um esquema maluco, sem a menor chance de funcionar. Olhei nos olhos de George e achei que ele sabia disso também. Talvez, com a bebida fazendo efeito, ele pensasse que poderia funcionar... Mas agora parecia estar mudando de idéia. Olhei para o relógio sobre a mesa e pensei em Jerry Sullivan sendo carregado morto de volta para o campo. Lembrei que George havia ajudado a carregá-lo.

Pensei na arma no meu bolso.

— Vá para o inferno, George — eu disse.

Ele não pareceu surpreso. Empurrou a garrafa para mim.

— Tome um gole e pense um pouco — disse calmamente. — Você só está tornando as coisas difíceis para nós dois. — Empurrei a garrafa de volta. — Muito difíceis — disse George. — Eu quero muito essas placas de identificação, Sammy.

Fiquei parado, mas nada aconteceu. Ele era mais covarde do que eu imaginava.

George estendeu o relógio e apertou o botão de dar corda com o polegar.

— Escute só, Sammy... Ele bate as horas.

Não ouvi o som. Estava um inferno do lado de fora — tinidos ensurdecedores e tanques trovejando, armas sendo disparadas e a cantoria louca e alegre, com acordeões berrando acima de tudo.

— Eles chegaram! — gritei. A guerra realmente havia terminado! Agora podia acreditar. Esqueci do George, de Jerry, do relógio... De tudo, exceto do barulho maravilhoso. Corri até a janela. Grandes nuvens de fumaça e poeira se levantaram acima do muro, e alguém bateu no portão. — Acabou! — ri.

George me puxou da janela e me empurrou contra a parede.

— Acabou mesmo! — disse ele. Tinha o rosto cheio de terror. Segurou uma pistola contra o meu peito. Agarrou a minha corrente de identificação e a arrancou com um golpe rápido.

Houve um barulho alto de algo se partindo, um gemido metálico, e o portão se escancarou. Um tanque ficou parado na abertura, com o motor ligado e as imensas esteiras repousando sobre o portão destruído. George se virou para encarar o barulho, no exato instante em que dois soldados russos escorregaram de abrigos em cima da torre do tanque e trotaram pelo jardim apontando as submetralhadoras. Olharam rapidamente janela por janela e gritaram algo que não consegui entender.

– Eles vão nos matar se virem esta arma! – gritei.

George assentiu. Parecia estar atordoado, num sonho.

– É – disse ele, atirando a arma para o outro lado da cozinha. A pistola deslizou pelas tábuas corridas claras, parando num canto escuro. – Levante as mãos, Sammy – disse ele. Levantou as mãos acima da cabeça, de costas para mim, olhando para o corredor pelo qual os russos chegavam pisando forte. – Eu devia estar muito bêbado, Sammy. Estava fora de mim – sussurrou.

– Claro, George... Claro que estava.

– A gente precisa ficar junto nisso, Sammy, está me ouvindo?

– Ficar junto no quê? – mantive as mãos ao lado do corpo. – Ei, russos, como vocês estão? – gritei.

Os dois russos, adolescentes de aparência rude, entraram a passos rápidos na cozinha, com as submetralhadoras prontas para atirar. Nenhum sorriu.

– Ponham as mãos para cima! – ordenou um deles, em russo.

– *Amerikaner* – eu disse, baixinho, erguendo as mãos.

Os dois pareceram surpresos e começaram a conversar aos sussurros, sem desgrudar os olhos de nós. Fizeram cara feia no começo, mas se tornaram mais e mais joviais conforme conversavam, até que, finalmente, estavam sorrindo para nós. Imagino que tenham tido que se certificar um com o outro de que estava de acordo com a política ser amigável com os americanos.

– É um grande dia para o povo – disse o que sabia falar alemão, com seriedade.

— Um grande dia — concordei. — George, dê uma bebida aos rapazes.

Os dois olharam alegres para a garrafa e balançaram para frente para trás, assentindo com a cabeça e rindo. Insistiram com educação que George tomasse o primeiro gole pelo grande dia para o povo. George sorriu nervosamente. A garrafa estava quase em seus lábios quando escorregou de seus dedos e caiu no chão, vertendo o líquido em nossos pés.

— Meu Deus, me desculpem — disse George.

Abaixei-me para pegar a garrafa, mas os russos me interromperam.

— Vodca é melhor do que esse veneno alemão — disse solenemente o russo que falava alemão, tirando uma grande garrafa do casaco. — Roosevelt! — bradou ele, tomando um grande gole e passando a garrafa para George.

A garrafa deu quatro voltas: em homenagem a Roosevelt, Stalin, Churchill e a Hitler queimando no inferno. O último brinde foi idéia minha.

— Em fogo brando — acrescentei.

Os russos acharam aquilo muito bom, mas a risada deles morreu imediatamente quando um oficial apareceu no portão berrando por eles. Eles nos saudaram rapidamente, pegaram a garrafa e correram para fora da casa.

Nós os observamos subindo no tanque, que se afastou do portão e seguiu lentamente pela estrada. Os dois acenaram.

A vodca me deixou me sentindo tonto, com calor e muito bem — e, além disso, cheio de mim e sedento de sangue. George estava quase caindo de bêbado, sem parar em pé.

— Não sei o que eu estava fazendo, Sammy. Eu estava... — não conseguiu terminar a frase. Estava indo para o canto onde estava sua arma, pesado, cambaleante, torto.

Fiquei na frente dele e saquei a minúscula pistola do bolso das calças.

— Olhe o que eu encontrei, Georgie.

Ele parou e piscou para a arma.
– Parece bacana, Sammy. – Estendeu a mão. – Vamos dar uma olhada nela.
Soltei a trava de segurança.
– Sente-se, Georgie, amigo velho.
Ele afundou na cadeira em que eu estava sentado antes.
– Não estou entendendo – resmungou ele. – Você não atiraria no seu velho parceiro, não é, Sammy? – Olhou para mim, implorando com o olhar. – Eu fiz uma proposta justa para você, não foi? Eu não fui sempre...
– Você é inteligente demais para achar que eu deixaria você se safar com essa história da corrente de identificação, não é, Georgie? Não sou seu parceiro e você sabe disso, não sabe, Georgie? O único jeito de isso funcionar seria comigo morto. Você não pensou assim também?
– Todo mundo trata mal o velho George, desde que o Jerry dançou. Juro por Deus, Sammy, que eu nunca tive nada a ver com... – não terminou a frase. Sacudiu a cabeça e suspirou.
– Que pena para o pobre Georgie... Sem coragem suficiente até para atirar em mim quando teve a chance. – Peguei a garrafa que George havia deixado cair e a coloquei diante dele. – Você precisa agora é de uma bebida. Está vendo, George? Ainda sobraram três belas doses. Você não fica contente que não tenha derramado tudo?
– Não quero mais, Sammy. – Fechou os olhos. – Ponha essa arma para lá, por favor. Eu nunca quis fazer mal a você.
– Eu disse para você beber. – Ele não se mexeu. Sentei diante dele, ainda apontando a arma. – Me dê o relógio, George.
Ele pareceu despertar de repente.
– É isso o que você quer? Claro, Sammy, aqui está, se isso vai deixar tudo bem. Como posso explicar como eu fico quando bebo? Eu simplesmente perco o controle sobre mim mesmo, garoto. – Me entregou o relógio de Jerry. – Aqui, Sammy. Depois de tudo que o velho Georgie fez você passar, Deus sabe que você merece.

Arrumei os ponteiros do relógio para o meio-dia e apertei o botão. Os minúsculos carrilhões soaram doze vezes, batendo duas vezes a cada segundo.

– Vale mil pratas em Nova York, Sammy – disse George enrolando a língua enquanto o relógio tocava.

– Eis quanto tempo você tem para beber dessa garrafa, George – eu disse. – O tempo que leva para o relógio bater doze horas.

– Não estou entendendo. Qual é a idéia?

Coloquei o relógio sobre a mesa.

– Como você disse, George, é curioso isso na estricnina... Pequenas doses podem salvar a sua vida. – Apertei o botão do relógio de novo. – Beba por Jerry Sullivan, parceiro.

O relógio tocou de novo. Oito... nove... dez... onze... doze. O ambiente estava em silêncio.

– Está bem, então eu não bebi – disse George, sorrindo.

– O que acontece agora, escoteiro?

III.

Quando comecei esta história, disse que era uma história de assassinato. Não tenho certeza.

Consegui voltar para as linhas americanas e relatei que George havia se matado acidentalmente com uma pistola que havia encontrado numa trincheira. Assinei um depoimento jurando que as coisas haviam acontecido daquela maneira.

Que diabos, ele estava morto, e era isso, não era? Quem teria se beneficiado se eu dissesse que eu havia matado o George? A minha alma? A alma de George, quem sabe?

Bem, a Inteligência do Exército suspeitou de alguma coisa rapidamente. No Campo Lucky Strike, perto de Le Havre, na França, onde mantinham todos os prisioneiros de guerra repatriados à espera de navios para casa, fui chamado a uma barraca que a Inteligência havia montado. Eu estava no campo havia duas semanas e deveria ser embarcado de volta para casa na tarde do dia seguinte.

Um major de cabelos grisalhos me fez perguntas. Tinha o depoimento diante dele e repassou a história sobre a pistola na trincheira sem demonstrar muito interesse. Ele me questionou por um bom tempo a respeito de como George havia se comportado no campo de prisioneiros e quis saber exatamente qual era a aparência de George. Anotou tudo o que eu lhe disse.

– Tem certeza de que o nome está correto? – perguntou.

– Sim, senhor. E o número de série também. Aqui está uma das placas de identificação dele, senhor. Deixei a outra no corpo. Desculpe, senhor, eu queria ter entregue isso antes.

O major examinou a placa, finalmente anexada ao depoimento, e enfiou os dois dentro de uma pasta grossa. Pude ver o nome de George escrito do lado de fora.

– Não sei exatamente o que fazer com isso agora – disse ele, brincando com o elástico da pasta. – Que sujeito, esse George Fisher. – Ele me ofereceu um cigarro. Aceitei, mas não acendi imediatamente.

Pronto. Sabe Deus como, mas eles haviam descoberto toda a história, pensei. Queria gritar, mas continuei sorrindo, com os dentes apertados com força.

O major pensou durante algum tempo antes de pronunciar a frase seguinte.

– A placa é falsa – disse ele, afinal, sorrindo um pouco. – Não existe nenhum desaparecido com este nome no Exército dos Estados Unidos. – Inclinou-se para acender o meu cigarro. – Talvez seja melhor entregar esta pasta aos alemães, para que eles possam avisar aos familiares.

Eu nunca tinha visto George Fisher antes de ele ser levado ao campo de prisioneiros sozinho naquele dia, oito meses antes, mas eu devia ter reconhecido o tipo. Cresci com dois garotos como ele. Ele devia ter sido um bom nazista para conseguir o trabalho na inteligência alemã, porque, como eu disse, a maioria dos garotos da associação não se saiu tão bem. Não sei quantos deles voltaram para os Estados Unidos quando a guerra acabou, mas meu parceiro George Fisher quase conseguiu.

> MY IDEA OF
> A REAL
> MAN'S MAN
> IS A GUY
> WHO KNOWS
> GUN SAFETY.

Minha idéia de um homem de verdade é um cara que sabe mexer em armas com segurança.

A mesa do comandante

Eu estava sentado diante da janela da minha pequena carpintaria na cidade checa de Beda. Minha filha viúva, Marta, segurou a cortina para mim e ficou olhando os americanos pelo canto da janela, cuidando para não bloquear nada da minha vista com a cabeça.

— Queria que ele se virasse para cá, para que pudéssemos dar uma olhada no rosto dele – disse eu, com impaciência. – Marta, puxe a cortina um pouco mais.

— Ele é general? – perguntou Marta.

— Um general vindo como comandante para Beda? – ri. — Um cabo, talvez. Como eles parecem bem alimentados, hein? Aaaah, eles comem... E *como* comem! – Passei a mão pelas costas da minha gata preta. – Agora, gatinha, basta atravessar a rua para experimentar pela primeira vez o creme americano. – Levantei as mãos acima da cabeça. – Marta! Você está sentindo, está *sentindo*? Os russos foram embora, Marta, foram embora!

E agora estávamos tentando ver o rosto do comandante americano que estava entrando no edifício do outro lado da rua onde o comandante russo estivera algumas semanas antes. Os americanos entraram chutando o caminho através do entulho e da mobília despedaçada. Por um tempo, não havia nada para ver através da janela. Recostei-me na cadeira e fechei os olhos.

— Acabou, a matança acabou completamente – eu disse. — E nós estamos vivos. Você imaginou que isso seria possível? Alguém em sã consciência esperava estar vivo quando tudo terminasse?

— Eu quase sinto como se estar viva fosse algo que deveria me envergonhar – ela falou.

— O mundo provavelmente irá se sentir assim por muito, muito tempo. A gente pode pelo menos agradecer a Deus por ter passado por tudo com muito pouca culpa em toda a matança. Ficar indefeso no meio de tudo tem essa vantagem. Pense na culpa sobre os ombros dos americanos... Cem mil mortos nos bombardeios de Moscou, cinqüenta mil em Kiev...

— E a culpa dos russos? – perguntou ela, apaixonadamente.

— Não... Não os russos. Esta é uma das alegrias de se perder uma guerra. O perdedor entrega a culpa com a capital e se une às fileiras dos pequenos inocentes.

A gata se esfregou na minha perna de madeira e ronronou. Imagino que a maioria dos homens com pernas de madeira escondem o fato da melhor maneira possível. Eu perdi a minha perna esquerda como membro da infantaria austríaca em 1916 e uso uma perna da calça mais curta do que a outra para exibir a bela perna de carvalho que fiz para mim mesmo depois da Primeira Guerra Mundial. Entalhadas na perna estão as imagens de Georges Clemenceau, David Lloyd George e de Woodrow Wilson, que ajudou a República Checa a se reerguer das ruínas do Império Austro-Húngaro em 1919, quando eu tinha 25 anos. E abaixo dessas imagens há outras duas, cada uma dentro de uma coroa de flores: Tomáš Masaryk e Eduard Beneš, os primeiros líderes da República. Há outros rostos que deveriam ser acrescentados, e agora, agora que a paz está conosco novamente, talvez eu os entalhe. A única gravação que fiz na perna de madeira nos últimos trinta anos é grosseira e obscura, e talvez bárbara – três entalhes profundos perto da ponta de aço, pelos três oficiais alemães cujo carro derrubei em um precipício numa noite de 1943, durante a ocupação nazista.

Esses homens do outro lado da rua não eram os primeiros americanos que eu havia visto. Eu possuía uma fábrica de móveis em Praga durante os dias da República e fiz muitos negócios com compradores de lojas de departamentos americanas. Quando os nazistas chegaram, perdi a fábrica e me mudei para Beda, esta cidade tranqüila no sopé das montanhas de Sudetenland. Minha mulher morreu logo depois disso, da mais rara das causas, a natural. Então fiquei apenas com minha filha, Marta.

Agora, graças a Deus, eu estava vendo americanos de novo – depois dos nazistas, depois do exército russo da Segunda Guerra Mundial, depois dos comunistas tchecos, depois dos russos de novo. Saber que esse dia estava chegando me manteve vivo. Escondida embaixo das tábuas do piso da minha oficina estava uma garrafa de uísque que constantemente desafiava a minha força de vontade. Mas eu a deixei em seu esconderijo. Era para ser o meu presente aos americanos quando eles finalmente viessem.

– Eles estão saindo – disse Marta.

Abri os olhos e vi um major americano troncudo e ruivo me encarando do outro lado da rua, com as mãos na cintura. Ele parecia cansado e nervoso. Outro jovem, um capitão, alto, forte, lento e com uma aparência muito italiana, exceto por sua estatura, saiu do edifício e se juntou a ele.

Estupidamente, talvez, eu pisquei para eles.

– Eles estão vindo para cá! – eu disse, agitado e assustado.

O major e o capitão entraram, cada um olhando para um panfleto azul que, concluí, continha frases em checo. O capitão grandalhão parecia constrangido, e senti que o major ruivo estava um pouco hostil.

O capitão passou o dedo até a margem de uma página e sacudiu a cabeça lentamente.

– "Metralhadora, arma, morteiro, motocicleta... tanque, torniquete, trincheiras". Nada sobre fichários, mesas ou cadeiras.

– Que diabos você estava esperando? – perguntou o major. – É um livro para soldados, não para um bando de burocratas maricas. – Fez uma careta para o panfleto, disse algo completamente ininteligível e olhou para mim com expectativa. – Que livro ótimo – disse ele. – Diz que essa é a maneira de se pedir por um intérprete, e o velho age como se fosse poesia ubanguiana.

– Senhores, eu falo inglês – eu disse. – E a minha filha, Marta, também.

– Por Deus, ele realmente fala inglês! – exclamou o major. – Bom para você, velho. – Ele fez com que eu me sentisse um cachorrinho que havia sido esperto e apanhado uma bola de borracha.

Estendi a mão para o major e lhe disse meu nome. Ele olhou para a minha mão de forma arrogante, mantendo as mãos nos bolsos. Senti o rosto ficar vermelho.

– Meu nome é capitão Paul Donnini – disse o outro, rapidamente –, e este é o major Lawson Evans. – Apertou a minha mão. – Senhor... – ele me disse, com um tom de voz paternal e profundo –, os russos...

O major usou um epíteto que me deixou de queixo caído e espantou Marta, que tinha ouvido soldados conversando durante a maior parte da vida.

O capitão Donnini ficou envergonhado.

– Eles não deixaram um palito de mobília – prosseguiu –, e eu estava pensando se o senhor poderia nos fornecer algumas das peças da sua loja.

– Eu ia oferecê-las para vocês – respondi. – É uma tragédia que tenham destruído tudo. Eles confiscaram os móveis mais bonitos de Beda. – Sorri e sacudi a cabeça. – Aaaah, aqueles inimigos dos capitalistas... Arrumaram seus alojamentos como um pequeno Versailles.

– Nós vimos a destruição – afirmou o capitão.

– E então, quando não podiam mais ter os tesouros, ninguém mais pôde tê-los. – Fiz o movimento de um homem usando um machado. – E o mundo se torna um pouco mais chato para todos nós, já que há menos tesouros. Tesouros burgueses, talvez, mas quem não pode ter coisas belas gosta da idéia de que elas existam em algum lugar.

O capitão assentiu agradavelmente, mas, para minha surpresa, vi que as minhas palavras haviam de alguma forma irritado o major Evans.

– Bem, de qualquer maneira – prossegui –, quero que levem tudo o que precisarem. Será uma honra ajudá-los. – Estava me perguntando se aquele seria o momento oportuno de oferecer o uísque. As coisas não estavam indo tão bem como eu esperava.

– O velho é bem esperto – disse o major, de maneira incisiva. De repente me dei conta do que o major estava insinuando. Foi um choque. Ele estava me dizendo que eu era um dos inimigos. Queria dizer que eu devia cooperar porque estava com medo. Ele queria que eu estivesse com medo.

Por um instante, fiquei fisicamente mal. No passado, quando era muito mais jovem e mais cristão, eu gostava de dizer que os homens que dependiam do medo para conseguir as coisas eram doentes, patéticos e lamentavelmente solitários. Mais tarde, depois de ter visto exércitos inteiros desse tipo de homem em ação, percebi que eu era do tipo solitário – e talvez doente e patético também, mas eu preferia me matar a admitir isso.

Eu precisava estar errado a respeito do comandante. Disse a mim mesmo que havia sido desconfiado e – agora que sou mais velho, posso dizer – que havia sentido medo por muito tempo. Mas pude perceber que Marta também sentia a ameaça e o medo no ar. Estava escondendo sua cordialidade, como fizera durante anos, atrás de uma máscara sombria e formal.

– Sim – eu disse. – Vocês podem pegar tudo o que puderem usar.

O major abriu a porta do quarto dos fundos, onde eu durmo e trabalho. Eu havia parado de bancar o anfitrião. Afundei de volta na minha cadeira perto da janela. Pouco à vontade, o capitão Donnini ficou conosco.

– É muito bonito aqui nas montanhas – comentou ele, sem graça.

Entramos num desconfortável silêncio, interrompido de vez em quando pelo barulho da inspeção do major no quarto dos fundos. Dei uma boa olhada no capitão e fiquei impressionado com o quanto ele parecia mais jovial do que o major, embora fosse bem possível que os dois tivessem a mesma idade. Era difícil imaginá-lo num campo de batalha, e era difícil imaginar o major em qualquer outro lugar.

Ouvi o major Evans assoviar baixinho e soube que ele havia encontrado a mesa do comandante.

– O major deve ter sido muito corajoso. Tem tantas medalhas... – disse Marta, afinal.

O capitão Donnini pareceu agradecido por ter uma chance de se explicar sobre seu superior.

– Ele foi e é um homem muito corajoso – falou, cordialmente. Disse que o major e a maioria dos soldados de Beda vinha de uma divisão blindada aparentemente famosa que, insinuou o capitão, jamais conhecia medo ou cansaço e gostava de uma boa briga acima de qualquer coisa.

Estalei a língua em admiração, como sempre faço quando ouço falar de uma divisão assim. Ouvi a respeito dessas divisões formadas por oficiais americanos, oficiais alemães, oficiais russos, e meus oficiais na Primeira Guerra Mundial declaravam solenemente que eu pertencia a uma divisão assim. Quando ouço um soldado falar a respeito de uma divisão de amantes da guerra, talvez venha a acreditar nele, desde que o sujeito esteja sóbrio e tenha levado um tiro. Se realmente existem divisões assim, talvez elas devam ser preservadas em gelo seco entre uma guerra e outra.

– E quanto a você? – perguntou Marta, intrometendo-se na biografia tumultuada do major Evans.

Ele sorriu.

– Eu sou muito novo na Europa. Me sinto mais perdido do que cego em tiroteio, se me perdoa a expressão. O ar do Fort Benning, na Geórgia, ainda está nos meus pulmões. O major... Ele é o herói. Está lutando há três anos, sem trégua.

– E não pensei em terminar aqui como uma combinação de policial, burocrata e muro das lamentações – disse o major Evans, de pé na entrada do quarto dos fundos. – Velho, quero esta mesa. Estava fazendo para você mesmo, é?

– O que eu faria com uma mesa dessas? Era para o comandante russo.

— Amigo seu, é?

Tentei sorrir, de modo pouco convincente, imagino.

— Eu não estaria aqui para conversar com vocês se tivesse me recusado a fazê-la. E não teria estado aqui para falar com *ele* se não tivesse feito uma cama para o comandante nazista... Com uma guirlanda de suásticas e a primeira estrofe da Canção de Horst Wessel na cabeceira.

O capitão sorriu comigo, mas o major, não.

— *Este* aqui é diferente — disse o major. — *Ele* se revela e diz que foi um colaborador.

— Eu não disse isso — repliquei, calmamente.

— Não estrague, não estrague — disse o major Evans. — É uma boa mudança.

Marta de repente foi correndo para o andar de cima.

— Eu não fui colaborador — retruquei.

— Claro, claro... Você os combateu a cada centímetro do caminho. Pode apostar. Eu sei, eu sei. Venha aqui um minuto, por favor. Quero falar sobre a minha mesa.

Ele estava sentado sobre a mesa inacabada, um móvel enorme e, para mim, horrendo. Eu a havia projetado como uma sátira particular do mau gosto e da hipocrisia do comandante russo quanto a símbolos de riqueza. Eu a havia feito tão enfeitada e pretensiosa quanto possível, o sonho de um camponês russo de como devia ser a mesa de um banqueiro de Wall Street. Ela brilhava com pedaços de vidro colorido incrustados feito pedras preciosas na madeira, destacada com uma tinta meio dourada. Agora parecia que a sátira teria de continuar sendo particular, já que o comandante americano havia sido conquistado pela mesa como o russo anteriormente.

— Isso é o que eu chamo de móvel — disse o major Evans.

— Muito bonito — comentou o capitão Donnini, distraído. Estava olhando para o andar de cima, para onde Marta havia corrido.

— Só tem uma coisa errada com ela, velho.

— A foice e o martelo... Eu sei. Eu ia tirar...

— Você está absolutamente certo — disse o major. Ergueu o pé e deu um chute brutal no enorme brasão. A peça redonda se soltou, rolou até um canto e caiu com o desenho para baixo, fazendo rumrumrum — claque! A gata foi examiná-la e se afastou, desconfiada.

— Bote uma águia ali, velho. — O major tirou o chapéu para me mostrar a águia que tinha nele. — Como esta aqui.

— Não é um desenho muito simples. Vai demorar um pouco — eu disse.

— Não é tão simples como uma suástica ou uma foice e um martelo, hein?

Eu havia passado semanas sonhando em dividir a piada da mesa com os americanos ou em lhes contar sobre a gaveta secreta que eu havia feito para o comandante russo, a melhor piada de todas. Agora, os americanos estavam aqui, e eu me sentia muito diferente de antes — triste, perdido e solitário. Não tinha vontade de dividir nada com qualquer pessoa além de Marta.

— Não — eu disse, respondendo à pergunta venenosa do major. — Não, senhor. — O que eu deveria dizer?

O uísque continuou sob as tábuas do assoalho, e a gaveta secreta da mesa continuou sendo secreta.

A guarnição militar americana em Beda era de mais ou menos cem homens, quase todos eles, exceto o capitão Donnini, veteranos de anos de lutas na mesma divisão blindada da qual o major Evans era oriundo. Eles se comportavam como conquistadores, com o major Evans estimulando-os a fazer exatamente isso. Eu havia esperado muita coisa da vinda dos americanos — um renascimento do orgulho e da dignidade para Marta e para mim, um pouco de prosperidade e de coisas boas para comer também. E, para Marta, a melhor parte de uma vida que valesse a pena viver. Em vez disso, havia a agressiva desconfiança do major Evans, o novo comandante, multiplicada por cem nas pessoas de seus homens.

No pesadelo de um mundo em guerra, são necessárias habilidades peculiares para sobreviver. Uma dessas habilidades é a compreensão da psicologia das tropas de ocupação. Os russos não eram como os nazistas, e os americanos eram muito diferentes dos dois. Não havia a violência física dos russos e dos nazistas, graças a Deus – nada de execuções ou torturas. O que era particularmente interessante era o fato de que os americanos precisavam se embebedar antes de causar problemas de verdade. Infelizmente para Beda, o major Evans os deixava beber o quanto quisessem. Quando estavam bêbados, eles gostavam de roubar – em nome da busca por lembranças –, de dirigir em velocidades perigosas, dar tiros para o alto, gritar obscenidades, entrar em brigas e quebrar janelas.

O povo de Beda estava tão acostumado a ficar em silêncio e se manter isolado, independentemente do que acontecesse, que levou um bom tempo para descobrir a verdadeira diferença básica entre os americanos e os outros. A dureza e a crueldade dos americanos eram muito superficiais, e por baixo delas havia uma séria apreensão. Descobrimos que eles ficavam facilmente encabulados com mulheres ou homens mais velhos que os enfrentavam como se fossem seus pais e os repreendiam pelo que estavam fazendo. Isso deixava a maioria deles sóbria com a mesma rapidez de um balde de água fria.

Com essa noção sobre os nossos conquistadores, pudemos tornar as coisas um pouco mais toleráveis, mas não muito. Houve a arrasadora percepção de que éramos vistos como inimigos, pouco diferentes dos russos, e de que o major queria nos punir. Os moradores da cidade foram organizados em batalhões e postos a trabalhar sob vigia armada, como prisioneiros de guerra. O que tornava o trabalho particularmente insuportável era o fato de que não se tratava tanto de consertar os estragos da guerra quanto de tornar os alojamentos da guarnição americana mais confortáveis e de construir um imenso e feio monumento homenageando os americanos que morreram na batalha de Beda. Quatro haviam morrido. O major Evans fez o clima da cidade ficar como o de uma prisão. A vergonha era a ordem do dia, e qualquer botão de auto-estima ou esperança era prontamente tolhido. Nós não tínhamos direito.

Havia um único ponto de diferença – um americano mais infeliz do que qualquer um de nós –, o capitão Donnini. Cabia a ele levar a cabo as ordens do major e, quando ficava bêbado, o que tentou fazer várias vezes, não fazia a mesma coisa que outros. Ele obedecia às ordens com uma relutância que, tenho certeza, poderia levá-lo à Corte Marcial. Além disso, ele passava tanto tempo com Marta e eu quanto passava com o major, e a maior parte de sua conversa conosco era um pedido de desculpas disfarçado pelo que tinha de fazer. Curiosamente, Marta e eu nos víamos confortando aquele gigante triste e moreno, em vez do contrário.

Estava pensando no major enquanto ficava na minha bancada no quarto dos fundos, terminando a águia americana para a frente da mesa do novo comandante. Marta estava deitada em meu catre, olhando fixamente para o teto. Estava com os sapatos brancos de poeira. Passara o dia todo trabalhando no monumento.

– Bem – disse eu, melancolicamente –, se estivesse lutando há três anos, me pergunto o quanto eu seria amigável. Vamos admitir: quer todos quiséssemos ou não, demos homens e materiais que ajudaram a matar centenas de milhares de americanos.

– Apontei para as montanhas a oeste. – Olhe de onde os russos tiraram o urânio deles.

– Olho por olho, dente por dente – falou Marta. – Por quanto tempo isso vai continuar?

Suspirei e sacudi a cabeça.

– Deus sabe que os tchecos já pagaram com juros. Mão por mão, pé por pé, queimadura por queimadura, ferimento por ferimento, vergão por vergão. – Havíamos perdido a maioria dos jovens, o marido de Marta entre eles, em ondas de suicídios antes dos principais ataques russos, e as nossas maiores cidades eram pouco mais do que cascalho e fumaça.

– E, depois de pagar, ganhamos um novo comissário. Eles são iguaizinhos ao resto – disse ela, com amargura. – Foi infantil da nossa parte esperar por qualquer outra coisa.

Sua terrível decepção, a qual eu incentivei, sua apatia e desesperança – por Deus do céu, eu não podia suportar! E não haveria mais libertadores. A única força que havia sobrado no mundo estava nos Estados Unidos, e os americanos estavam em Beda. Melancolicamente, voltei a trabalhar na águia americana. O capitão havia me dado uma nota de um dólar para eu poder copiar a insígnia.

– Vamos ver... Nove, dez, onze, doze, treze flechas na garra.

Ouvimos uma batida tímida na porta, e o capitão Donnini entrou.

– Perdoem-me – disse ele.

– Acho que seremos obrigados a fazer isso – respondi. – O seu lado venceu a guerra.

– Infelizmente, não tive muito a ver com isso.

– O major não deixou ninguém para o capitão matar – falou Marta.

– O que aconteceu com a sua janela? – perguntou o capitão.

Havia vidro quebrado por todo o chão, e um pedaço grande de papelão protegia a sala da intempérie.

– Foi libertada na noite passada por uma garrafa de cerveja – respondi. – Escrevi ao major um bilhete sobre isso... Pelo qual eu provavelmente serei decapitado.

– O que é isso que o senhor está fazendo?

– Uma águia com treze flechas numa das garras e um ramo de oliva na outra.

– O senhor está muito bem. Poderia estar caiando pedras. Foi mantido fora da lista apenas para poder terminar a mesa.

– Sim, eu vi os caiadores de pedras – eu disse. – Com as pedras caiadas, Beda parece melhor do que antes da guerra. Não dá para dizer que algum dia foi bombardeada. – O major ordenara que fosse escrita em seu gramado uma tocante mensagem em pedras caiadas: *1402 Companhia Militar, Comandante Major Lawson Evans*. Os canteiros e os passeios também estavam sendo contornados com pedra.

– Ah, ele não é um homem mau – disse o capitão. – É um milagre que tenha passado por tudo o que passou tão bem como passou.

— É um milagre que qualquer um de nós tenha passado tão bem como passamos – disse Marta.
— Sim, eu sei disso. Eu sei... Vocês enfrentaram tempos terríveis. Mas, bem, o major também enfrentou. Ele perdeu a família nos bombardeios de Chicago, a mulher e três filhos.
— Eu perdi o meu marido na guerra – disse Marta.
— Então, o que você está tentando nos dizer... Que todos estamos pagando penitência pela morte da família do major? Ele acha que nós queríamos que eles tivessem morrido? – perguntei.

O capitão se apoiou na bancada de trabalho e fechou os olhos.
— Ah, diabos, eu não sei, eu não sei. Achei que isso os ajudaria a compreendê-lo, faria com que não o odiassem. Só que nada faz sentido... Nada parece ajudar.
— Você achava que poderia ajudar, capitão? – perguntou Marta.
— Antes de vir para cá... Sim, achava. Agora sei que não sou o que é necessário, e não sei o que é. Eu me identifico com todo mundo, caramba, e vejo por que são do jeito que são... Vocês dois, todas as pessoas da cidade, o major, os soldados. Talvez se eu tivesse tomado um tiro ou alguém tivesse me perseguido com um lança-chamas, talvez eu fosse um homem melhor.
— E odiasse como todo o resto – disse Marta.
— Sim... E tivesse mais segurança a respeito de mim mesmo como todo o resto parece ter por causa disso.
— Não tenho certeza... *Anestesiado* – falei.
— Anestesiado – repetiu ele. – Todos têm motivos para estar anestesiados.
— Esta é a última defesa – disse Marta. – A anestesia ou o suicídio.
— Marta! – exclamei.
— Você sabe que é verdade – disse ela, calmamente. – Se câmaras de gás fossem montadas em esquinas européias, elas teriam filas mais longas do que padarias. Quando todo esse ódio termina? Nunca.

— Marta, pelo amor de Deus, não vou aceitar que você fique falando assim — protestei.
— O major Evans fala assim também — disse o capitão Donnini. — Só que ele diz que quer continuar lutando. Uma ou duas vezes, quando estava tenso, disse que gostaria de ter sido morto... Que não havia nada por que voltar para casa. Assumiu riscos fantásticos nas batalhas e nunca sofreu um arranhão.
— Pobre homem — disse Marta. — Não tem mais guerra.
— Bem, ainda há as ações de guerrilha... Muitas delas em torno de Leningrado. Ele se inscreveu para ser transferido para lá, para se envolver nesses conflitos. — Baixou os olhos e abriu a mão sobre o joelho. — Bem, de qualquer maneira, o que vim dizer foi que o major quer a mesa dele amanhã.

A porta se abriu, e o major entrou na oficina.
— Capitão, por onde diabos você andou? Mandei você cumprir uma tarefa que deveria ter levado cinco minutos e você está fora há meia hora.

O capitão Donnini se levantou em posição de sentido.
— Desculpe, senhor.
— Você sabe o que eu penso de meus homens confraternizando com o inimigo.
— Sim, senhor.

Ele me confrontou.
— Agora, que história é essa com a sua janela?
— Um dos seus homens a quebrou na noite passada.
— Isso não é uma pena? — Mais uma de suas perguntas irrespondíveis. — Eu perguntei, isso não é uma pena, velho?
— Sim, senhor.
— Velho, vou dizer uma coisa que quero que você enfie na cabeça. E então, quero que você se certifique de que todos os outros moradores da cidade a compreendam.
— Sim, senhor.
— Vocês perderam uma guerra. Você entendeu isso? E eu não estou aqui para ter você ou qualquer outra pessoa chorando no meu ombro. Estou aqui para garantir que todo mundo entenda

que perdeu uma guerra e não crie problemas. E é só para isso que estou aqui. E a próxima pessoa que me disser que era amigo dos russos porque precisava ser vai perder os dentes. E isso vale para a próxima pessoa que me disser que teve problemas. Vocês ainda não tiveram metade dos problemas que podem ter.
– Sim, senhor.
– É a sua Europa – Marta disse baixinho.
Ele se virou para ela irritado.
– Se fosse minha, mocinha, eu faria os engenheiros terraplenarem toda essa maldita bagunça. Nada além de parvos covardes que seguirão qualquer maldito ditador que apareça no caminho. – Mais uma vez fiquei espantado, como havia ficado no primeiro dia, pelo quanto ele parecia cansado e perturbado.
– Senhor... – disse o capitão.
– Fique quieto. Eu não lutei até aqui para os escoteiros assumirem. Agora, onde está a minha mesa?
– Estou terminando a águia.
– Vamos dar uma olhada. – Entreguei-lhe o disco. Ele xingou baixinho e tocou a insígnia em seu chapéu. – Como esta aqui – disse ele. – Eu quero exatamente como esta aqui.
Olhei para a insígnia no chapéu dele.
– Mas está igual a esta. Eu copiei exatamente de uma nota de dólar.
– As flechas, velho! Em qual garra estão as flechas?
– Ah... No seu chapéu, elas estão na garra direita, na nota, estão na esquerda.
– Toda a diferença do mundo, velho: uma é do Exército, a outra é para os civis. – Levantou o joelho e quebrou o entalhe.
– Tente de novo. Você queria tanto agradar ao comandante russo, agora agrade a mim!
– Posso dizer uma coisa? – perguntei.
– Não. Tudo o que quero ouvir de você é que vou receber a mesa amanhã de manhã.
– Mas o entalhe vai levar dias.
– Fique acordado a noite toda.

— Sim, senhor.
Saiu da oficina, seguido de perto pelo capitão.
— O que você ia dizer a ele? — perguntou Marta, com um sorriso amargo.
— Eu ia dizer que os tchecos lutaram contra a Europa que ele odeia tanto quanto ele e pelo mesmo tempo. Ia dizer... Ah, bem, qual é o sentido disso?
— Vá em frente.
— Você já ouviu mil vezes, Marta. É uma história cansativa, imagino. Eu queria contar a ele como lutei contra os austríacos, os nazistas, os comunistas tchecos e depois os russos... Como lutei contra eles do meu jeito. Eu nunca apoiei um ditador, nem jamais o farei.
— É melhor começar a trabalhar na águia. Lembre-se, águias na mão direita.
— Marta, você nunca provou uísque, provou? — Enfiei as garras de um martelo numa fresta no chão e espiei embaixo da tábua. Lá estava a empoeirada garrafa de uísque que eu havia guardado para o grande dia dos meus sonhos.

Estava delicioso, e nós dois ficamos muito bêbados. Enquanto eu trabalhava, revivemos os velhos dias, Marta e eu, e por um tempo quase pareceu que a mãe dela ainda estava viva e que Marta era jovem, bonita e uma menina despreocupada, e que nós tínhamos a nossa casa e os nossos amigos em Praga de novo, e... Ah, Deus, foi ótimo durante um tempo.

Marta caiu no sono no catre, e eu cantarolei sozinho enquanto esculpia a águia americana noite adentro. Estava um trabalho grosseiro e descuidado, e eu cobri seus defeitos com massa e dourado falso.

Algumas horas antes de o sol nascer, colei o emblema na mesa, prendi os ganchos e caí no sono. Estava pronta para o novo comandante, exatamente, exceto pelo emblema, como eu havia desenhado para o russo.

Chegaram para buscar a mesa cedo na manhã seguinte, meia dúzia de soldados e o capitão. A mesa parecia o caixão de um potentado oriental enquanto eles a carregavam como acompanhantes de féretro para o outro lado da rua. O major os encontrou na porta e gritava palavras de alerta sempre que eles ameaçavam bater o tesouro contra o batente da porta. A porta se fechou, o sentinela assumiu sua posição diante dela novamente, e não havia mais nada para ver.

Fui para a minha sala de trabalho, limpei as lascas de madeira do banco e comecei a escrever uma carta para o major Lawson Evans, Companhia Militar 1402, Beda, Checoslováquia.

Prezado senhor, escrevi, *há algo sobre a mesa que deixei de lhe dizer. Se o senhor olhar logo abaixo da águia, descobrirá...*

Não levei a carta para o outro lado da rua imediatamente, embora pretendesse fazê-lo. Fiquei um pouco nauseado ao relê-la – algo que jamais teria sentido se a carta estivesse endereçada ao comandante russo, que deveria recebê-la originalmente. Pensar na carta estragou o meu almoço, embora eu não comesse o bastante havia anos. Marta estava perdida demais em sua própria depressão para perceber, embora ela me repreenda quando não cuido de mim mesmo. Levou embora meu prato intocado sem dizer coisa alguma.

No final da tarde, tomei o resto do uísque e atravessei a rua. Entreguei o envelope ao sentinela.

– Mais um bilhete sobre a janela, velho? – perguntou o sentinela. Aparentemente, o episódio da janela era uma piada em ampla circulação.

– Não, é outro assunto... É sobre a mesa.

– Está certo, velho.

– Obrigado.

Voltei para a minha oficina e me deitei em meu catre para esperar. Cheguei inclusive a cochilar um pouco.

Foi Marta quem me acordou.

– Tudo bem, estou pronto – murmurei.

– Pronto para quê?

– Para os soldados.

– Não os soldados... O major. Ele está indo embora.

– Ele está o quê? – atirei as pernas para fora do catre.

– Está entrando num jipe com todo o equipamento dele. O major Evans está indo embora de Beda!

Corri até a janela da frente e afastei o papelão. O major Evans estava sentado na parte traseira de um jipe, no meio de mochilas de lona, um saco de dormir e outros equipamentos. Por sua aparência, dava para pensar que havia uma batalha feroz no entorno de Beda. Tinha a expressão furiosa embaixo de um capacete de aço e levava ao lado uma espingarda e uma cartucheira, uma faca e uma pistola na cintura.

– Ele conseguiu a transferência – eu disse, admirado.

– Está indo combater as guerrilhas – riu Marta.

– Deus o ajude.

O jipe deu a partida. O major Evans acenou e seguiu aos solavancos. A última cena que vi daquele homem extraordinário foi quando o jipe chegou ao cume de uma colina na saída da cidade. Ele se virou, tocou o nariz e sumiu de vista no vale.

Do outro lado da rua, o capitão Donnini me viu e acenou com a cabeça.

– Quem é o novo comandante? – perguntei.

Ele bateu no peito.

– O que é um escoteiro?

– A julgar pelo tom do major, é algo muito pouco militar, ingênuo e de coração mole. Psiu. Aí vem ele.

O capitão Donnini estava meio solene e meio divertido com sua nova importância.

Acendeu um cigarro com cuidado e parecia estar tentando formar alguma frase mentalmente.

– Você perguntou quando chegaria o fim do ódio – disse ele, afinal. – Ele chega agora mesmo. Chega de batalhões de trabalho, chega de roubos, chega de destruir. Eu não vi o bastante para odiar. – Tragou o cigarro e pensou mais um pouco. – Mas tenho certeza de que sou capaz de odiar o povo de Beda com tanta amargura quanto o major Evans se não começarem amanhã a transformar esta cidade num lugar decente para as crianças. Virou-se rapidamente e atravessou a rua de novo.

– Capitão – chamei. – Escrevi uma carta para o major Evans...

– Ele a entregou para mim. Eu não li ainda.

– Posso tê-la de volta?

Ele olhou para mim com ar interrogativo.

– Bem, tudo bem... Está na minha mesa.

– A carta é sobre a mesa. Tem uma coisa que eu preciso consertar.

– As gavetas funcionam perfeitamente bem.

– Tem uma gaveta especial da qual você não sabe.

Ele deu de ombros.

– Vamos lá.

Atirei algumas ferramentas dentro de uma sacola e corri até o escritório dele. A mesa estava magnificamente isolada no meio da sala espartana. Minha carta estava em cima dela.

– Você pode ler, se quiser – eu disse.

Ele abriu a carta e a leu em voz alta.

– *Prezado senhor: Há algo sobre a mesa que deixei de lhe dizer. Se o senhor olhar logo abaixo da águia, descobrirá que a folha de carvalho do detalhe pode ser pressionada e girada. Gire-a de tal modo que o caule aponte para cima na garra esquerda da águia. Depois, pressione o fruto logo acima da águia e...*

Enquanto ele lia, eu seguia as minhas próprias orientações. Apertei a folha, girei e ouvi um clique. Empurrei o fruto com o polegar, e a frente de uma pequena gaveta saltou para fora uma fração de centímetro, apenas o bastante para permitir que alguém a segurasse e puxasse até o final.

– Parece estar presa – eu disse. Enfiei a mão embaixo da mesa e cortei uma corda de piano presa à parte de trás da gaveta.

– Pronto! – Puxei a gaveta até o final. – Está vendo?

O capitão Donnini riu.

– O major Evans teria adorado isso. Que maravilha! – Agradecido, abriu e fechou a gaveta várias vezes, imaginando como a frente se fundia tão perfeitamente à ornamentação. – Faz eu desejar ter segredos.

– Não há muita gente na Europa sem segredos – eu disse. Ele virou-se de costas por um instante. Enfiei a mão embaixo da mesa do comandante novamente, enfiei um pino no detonador e retirei a bomba.

Adeus, triste segunda-feira.

Armagedom em retrospecto

Caro amigo:
Pode me dar um minuto do seu tempo? Não nos conhecemos, mas estou tomando a liberdade de lhe escrever porque um amigo em comum me falou muito de você como sendo muito acima da média em intelecto e preocupação por seus semelhantes.

Com o impacto das notícias sendo todos os dias tão grande como é, é muito fácil esquecer rapidamente de importantes acontecimentos de alguns dias antes. Deixe-me, então, refrescar a sua memória quanto a um acontecimento que sacudiu o mundo há curtos cinco anos e que agora está quase esquecido, exceto por alguns de nós. Eu me refiro ao que veio a ser conhecido, por bons motivos bíblicos, como o Armagedom.

Você vai se lembrar, também, do começo agitado no Instituto Pine. Confesso que fui trabalhar como administrador do Instituto com uma sensação de vergonha e insensatez e por nenhum outro motivo além de dinheiro. Tinha muitas outras ofertas, mas o recrutador do Instituto ofereceu me pagar duas vezes mais do que a melhor delas. Como estava endividado depois de três anos de pobreza como aluno de graduação, aceitei o emprego, dizendo a mim mesmo que ficaria por um ano, pagaria minhas dívidas, faria uma poupança, arrumaria um emprego respeitável e negaria eternamente que havia estado a menos de 150 quilômetros de Verdigris, Oklahoma.

Graças a esse lapso na minha integridade, liguei-me a uma das figuras verdadeiramente heróicas do nosso tempo, o dr. Gorman Tarbell.

As qualificações que levei ao Instituto Pine eram genéricas, basicamente as habilidades que vêm com um diploma de doutor em administração de empresas. Eu poderia muito bem ter usado essas qualificações na administração de uma fábrica de triciclos ou de um parque de diversões. Não fui de modo algum o criador das teorias que nos levaram até e nos fizeram passar pelo

Armagedom. Entrei em cena bem tarde, quando a maior parte das reflexões mais importantes já havia sido feita. Espiritualmente e em termos de sacrifício, o nome do dr. Tarbell deveria encabeçar a lista de verdadeiros contribuintes à campanha e à vitória.

Cronologicamente, a lista provavelmente deveria começar com o finado sr. Selig Schildknecht, de Dresden, na Alemanha, que dedicou, em geral de modo infrutífero, a última metade de sua vida e sua herança a tentar fazer alguém prestar atenção em suas teorias sobre doença mental. O que Schildknecht dizia, com efeito, era que a única teoria de doença mental que parecia estar de acordo com todos os fatos era a mais antiga delas, que nunca havia sido refutada. Ele acreditava que os doentes mentais eram possuídos pelo diabo.

Ele afirmava isso livro após livro, todos impressos por ele mesmo, já que nenhum editor os aceitaria, e pedia que a pesquisa fosse levada adiante para descobrir o máximo possível sobre o diabo, suas formas, seus hábitos, seus pontos fortes, suas fraquezas.

O próximo da lista é um americano, meu antigo empregador, Jessie L. Pine, da Verdigris. Muitos anos atrás, Pine, um milionário do petróleo, encomendou sessenta metros de livros para sua biblioteca. O vendedor de livros viu uma oportunidade de se livrar, entre outras pérolas, dos trabalhos completos do dr. Selig Schildknecht. Pine concluiu que, sendo numa língua estrangeira, os volumes de Schildknecht continham passagens quentes demais para serem publicados em inglês. Então, contratou o chefe do Departamento de Alemão da Universidade de Oklahoma para ler para ele.

Longe de ficar enfurecido pela escolha do vendedor de livros, Pine ficou radiante. Por toda a sua vida, sentira-se humilhado por sua falta de educação formal, e ali havia encontrado um homem com cinco diplomas universitários cuja filosofia fundamental concordava com a sua própria, a saber: "A única coisa errada com as pessoas neste mundo é o fato de que o diabo se apoderou de algumas delas".

Se Schildknecht tivesse conseguido permanecer vivo por mais um pouco, não teria morrido pobre. Aparentemente, ele perdeu a fundação do Instituto Jessie L. Pine por apenas dois anos. Do instante dessa fundação em diante, cada jorro de metade dos poços de petróleo de Oklahoma era um prego no caixão do diabo. E era um dia fraco, de fato, quando um oportunista de um tipo ou de outro não embarcava num trem para Verdigris.

A lista, se fosse para continuá-la, ficaria bastante longa, já que milhares de homens e mulheres, alguns deles inteligentes e honestos, começaram a explorar os caminhos de pesquisa indicados por Schildknecht, enquanto Pine os seguia teimosamente com mochilas de dinheiro fresco. Mas a maioria desses homens e mulheres era de passageiros ciumentos e incompetentes de um dos maiores trens da alegria da história. Suas experiências, em geral terrivelmente caras, eram sobretudo sátiras sobre a ignorância e a credulidade de seu benfeitor, Jessie L. Pine.

Nada teria saído dos milhões gastos, e eu, por exemplo, teria recebido o meu espantoso salário sem tentar merecê-lo, se não fosse pelo mártir vivo do Armagedom, o dr. Gorman Tarbell.

Ele era o mais velho membro do Instituto, e o mais respeitável – tinha mais ou menos sessenta anos de idade, era gordo, baixo, apaixonado, com cabelos brancos longos e roupas que o deixavam parecido com alguém que passa as noites dormindo embaixo de pontes. Havia se aposentado perto de Verdigris depois de uma bem-sucedida carreira de físico num grande laboratório de pesquisa industrial da Costa Leste. Parou no Instituto numa tarde, a caminho das compras, para descobrir que raios estava acontecendo nos prédios impressionantes.

Fui eu quem o viu primeiro e, percebendo que se tratava de um homem de inteligência prodigiosa, fiz o papel tímido de lhe contar o que o Instituto estava se propondo a fazer. Minha atitude dava a entender que "cá entre nós, homens de cultura, isso aqui é um monte de bobagem".

Ele, no entanto, não se uniu ao meu sorriso condescendente para o projeto, mas pediu, em vez disso, para ver alguns dos escritos do dr. Schildknecht. Trouxe a ele o tomo principal, que resumia o que estava dito em todos os outros, e fiquei ao seu lado rindo deliberadamente enquanto ele passava os olhos pelo material.

– Vocês têm algum laboratório vago? – ele perguntou, afinal.
– Na verdade, temos, sim – respondi.
– Onde?
– Bem, todo o terceiro andar ainda está desocupado. Os pintores estão recém terminando o serviço.
– Qual sala pode ser a minha?
– O senhor está querendo dizer que quer um emprego?
– Eu quero paz, tranqüilidade e um espaço para trabalhar.
– O senhor entende que o único tipo de trabalho que pode ser feito aqui precisa ter relação com demonologia?
– Uma idéia perfeitamente encantadora.

Olhei para o corredor, para me certificar de que Pine não estava por perto, e então sussurrei:

– O senhor realmente acha que pode haver alguma verdade nisso?
– Que direito tenho eu de pensar diferente? Você pode me provar que o diabo não existe?
– Bem, quero dizer... Pelo amor de Deus, ninguém com um bom nível de educação acredita em...

Crac! Lá veio sua bengala sobre a minha mesa em forma de feijão.

– Até provarmos que o diabo não existe, ele é tão real quanto esta mesa.
– Sim, senhor.
– Não tenha vergonha do seu emprego, rapaz! Há tanta esperança para o mundo com o que está acontecendo aqui quanto com o que está acontecendo em qualquer laboratório de pesquisa atômica. "Acredite no diabo", eu digo, e continuaremos a acreditar nele a menos que tenhamos motivos melhores do que temos para não acreditar nele. *Isso* é ciência!
– Sim, senhor.

E lá foi ele pelo corredor para animar os outros, e então seguiu até o terceiro andar para escolher seu laboratório e mandar os pintores se concentrarem nele, que precisava estar pronto até a manhã seguinte.

Segui-o até lá em cima com uma ficha de inscrição para emprego.

– Senhor – eu disse –, o senhor se importaria de preencher este formulário, por favor?

Pegou o papel sem olhar e o enfiou no bolso do casaco, que percebi estar estourando de documentos amassados de um tipo ou de outro. Ele nunca preencheu a ficha, mas criou um pesadelo administrativo ao simplesmente se mudar para lá.

– Agora, senhor, quanto ao salário – falei –, quanto o senhor gostaria de receber?

Ele acenou com impaciência para dispensar a pergunta.

– Estou aqui para fazer pesquisa, não para controlar os livros.

Um ano depois, foi publicado *O Primeiro Relatório Anual do Instituto Pine*. A principal realização parecia ser que 6 milhões de dólares do dinheiro de Pine estavam novamente em circulação. A imprensa do mundo ocidental o chamou de o livro mais engraçado do ano e reproduziu passagens que provavam isso. A imprensa comunista o chamou de o livro mais sombrio do ano e dedicou colunas à história do bilionário americano que estava tentando fazer contato direto com o diabo com o objetivo de aumentar seus lucros.

O dr. Tarbell não se abalou.

– Estamos agora no ponto em que as ciências físicas já estiveram no que diz respeito à estrutura do átomo – disse ele, alegremente. – Temos algumas idéias que são pouco mais do que questões de fé. Talvez elas sejam risíveis, mas é ignorante e não-científico rir até que tenhamos algum tempo para fazer experiências.

Perdidas em meio a páginas e mais páginas de tolices do *Relatório* estavam três hipóteses sugeridas pelo dr. Tarbell:

A de que, já que muitos casos de doenças mentais eram curados por tratamentos de choque elétrico, o diabo devia considerar a eletricidade desagradável; a de que, já que muitos casos leves de doenças mentais eram curados por prolongadas discussões a respeito do passado de cada um, o diabo devia ser repelido por infinitas conversas sobre sexo e infância; a de que o diabo, se existia, aparentemente se apossava de pessoas com variáveis graus de tenacidade – que ele podia deixar alguns pacientes por meio de conversa, deixar outros por meio de choques e podia não ser expulso de alguns sem que o paciente fosse morto no processo.

Eu estava presente quando um repórter de jornal questionou Tarbell sobre essas hipóteses.

– O senhor está brincando? – perguntou o repórter.

– Se você quer dizer que eu ofereço essas idéias com um espírito divertido, sim.

– Então o senhor acha que elas não passam de bobagem?

– Fique com a palavra "diversão" – disse o dr. Tarbell.

– E, se você for investigar a história da ciência, meu caro garoto, acredito que descobrirá que a maior parte das idéias realmente grandes vieram de uma diversão inteligente. Toda a concentração sóbria e tensa é na verdade apenas uma questão de aparar as arestas das grandes idéias.

Mas o mundo preferiu a palavra "bobagem". E, com o tempo, havia fotos risíveis para acompanharem as histórias risíveis de Verdigris. Uma era de um homem usando um fone que mantinha uma pequena corrente elétrica passando por sua cabeça, o que deveria torná-lo um local de repouso desconfortável para o diabo. Dizia-se que a corrente era imperceptível, mas eu experimentei um dos fones e achei a sensação extremamente desagradável. Lembro que outra experiência fotogênica era a de uma pessoa com leve demência falando sobre seu passado enquanto ficava sob uma imensa jarra de vidro, o que, esperava-se, poderia apanhar alguma substância detectável do diabo, que estava sendo teoricamente desalojado pedaço por pedaço. E as possibilidades de fotos continuavam sem parar, cada uma aparentemente mais absurda e cara do que anterior.

E então veio o que eu chamava de *Operação Toca de Rato*. Por causa dela, Pine foi obrigado a conferir seu saldo bancário pela primeira vez em anos. E o que ele viu o fez sair em busca de novos campos de petróleo. Por causa dos assustadores gastos envolvidos, fui contra o empreendimento. Mas, passando por cima das minhas objeções, o dr. Tarbell convenceu Pine de que a única maneira de testar as teorias do diabo era fazer experiências com um grupo grande de pessoas. A Operação Toca de Rato, então, foi uma tentativa de tornar os condados de Nowata, Craig, Ottawa, Delaware, Adair, Cherokee, Wagoner e Roger livres do diabo. Como ponto de verificação, o condado de Mayes, no meio dos demais, foi deixado desprotegido.

Nos primeiros quatro condados, 97 mil dos fones foram distribuídos para serem usados, para consideração, noite e dia. Nos últimos quatro, foram montados centros aos quais as pessoas deviam comparecer, para consideração, pelo menos duas vezes por semana para abrirem o coração a respeito de seus passados. Passei a administração desses centros para um assistente. Eu não suportava aqueles lugares, onde o ar estava sempre cheio de autopiedade e dos lamentos mais tristes que se possa imaginar.

Três anos depois, o dr. Tarbell entregou a Jessie L. Pine um relatório confidencial de progresso sobre as experiências, e então foi para o hospital, sofrendo uma crise de exaustão. Ele havia feito o relatório provisório e alertado Pine para não mostrá-lo a ninguém até que mais trabalho – muito mais trabalho – tivesse sido realizado.

Tarbell ficou terrivelmente chocado quando, pelo rádio de seu quarto de hospital, ouviu um locutor apresentar Pine numa rede nacional e ouviu Pine dizer, depois de um preâmbulo incoerente:

– Não houve uma única pessoa possuída pelo diabo nos oito condados que estamos protegendo. Há muitos casos antigos, mas nenhum novo, exceto por cinco que eram tímidos e dezessete que deixaram suas baterias acabarem. Enquanto isso, no meio de tudo, deixamos as pessoas do condado de Mayes tomando conta de si mesmas da melhor maneira que conseguiam, e elas têm ido para o inferno regularmente... O problema do mundo é e sempre foi o diabo – concluiu Pine. – Bem, nós conseguimos corrê-lo para fora do nordeste de Oklahoma, exceto pelo condado de Mayes, e imagino que possamos corrê-lo de lá também, e corrê-lo da face da Terra. A Bíblia diz que vai haver uma grande batalha entre o bem e o mal dentro de não muito tempo. Até onde posso ver, nós a estamos vivendo neste momento.

– Esse velho idiota! – gritou Tarbell. – Meu Deus, o que vai acontecer *agora*?

Pine não poderia ter encontrado outro momento da história em que seu anúncio teria provocado uma reação mais explosiva. Levemos em conta os tempos: o mundo, como por alguma magia malévola, havia se dividido em metades hostis e começado uma série de movimentos e contra-movimentos que, aparentemente, poderiam apenas terminar em desastre. Ninguém sabia o que fazer. O destino da humanidade parecia fora do controle dos seres humanos. Todos os dias eram repletos de desamparo desesperado e com notícias piores do que as do dia anterior.

Então, de Verdigris, Oklahoma, veio o anúncio de que o problema do mundo era que o diabo estava à solta. E, com o anúncio, veio uma oferta de prova e uma sugestão de solução!

O suspiro de alívio que se ergueu da Terra deve ter sido escutado em outras galáxias. O problema do mundo não eram os russos ou os americanos ou os chineses ou os britânicos ou os cientistas ou os generais ou os banqueiros ou os políticos ou, graças a Deus, seres humanos de qualquer lugar, pobres deles. As pessoas eram boas, decentes, inocentes e inteligentes, e era o diabo que estava fazendo suas iniciativas bem-intencionadas irem mal. A auto-estima de todos os seres humanos cresceu imensamente, e ninguém, exceto o diabo, passava por idiota.

Políticos de todas as partes correram aos microfones para se declarar contrários ao diabo. Páginas editoriais de todos os lugares assumiram a mesma posição destemida – contra o diabo. Ninguém era a favor dele.

Na ONU, as pequenas nações apresentaram uma resolução para que todas as grandes nações se dessem as mãos, como as crianças carinhosas que no fundo realmente eram, e caçassem seu único inimigo, o diabo, para fora da Terra para sempre.

Durante muitos meses depois do anúncio de Pine era quase necessário ferver uma avó ou enlouquecer com uma machadinha num orfanato para se qualificar a algum espaço na primeira página de um jornal. Todas as notícias tratavam do Armagedom. Homens que entretinham os leitores com relatos detalhados das atividades de Verdigris se tornaram, da noite para o dia, sóbrios especialistas em assuntos como gongos do diabo, a eficácia de cruzes em solas de sapatos, a Missa Negra, doutrinas aliadas. Os correios estavam tão lotados quanto na época do Natal com cartas para a ONU, autoridades governamentais e Instituto Pine. Aparentemente, quase todo mundo sempre soube que o diabo era o problema de tudo. Muitos diziam que o haviam visto, e quase todos tinham idéias muito boas para se livrar dele.

Aqueles que consideravam a coisa toda uma loucura se viam na posição de vendedores de seguro funerário em festas de aniversário. A maioria deu de ombros e manteve a boca fechada. Quem não manteve a boca fechada não foi notado de qualquer maneira.

Entre os céticos estava o dr. Gorman Tarbell.

– Meu Deus do céu – disse ele, melancolicamente –, nós não sabemos o que provamos nas experiências. Elas eram apenas um começo. Ainda é muito cedo para dizer se estávamos fazendo um trabalho com o diabo ou o quê. Agora o Pine deixou todo mundo entusiasmado, achando que tudo o que precisamos fazer é ligar uma ou duas engenhocas ou coisa parecida e a Terra vai voltar a ser o Éden. – Ninguém o escutou.

Pine, que estava falido de qualquer maneira, entregou o Instituto à ONU, e foi criada então a UNDICO, a Comissão de Investigações Demonológicas das Nações Unidas. O dr. Tarbell e eu fomos nomeados delegados americanos da comissão, que realizou sua primeira reunião em Verdigris. Fui eleito presidente e, como dá para imaginar, tive de enfrentar uma porção de piadas ruins sobre ser o homem perfeito para o trabalho por causa do meu nome.

Era muito deprimente para os membros da comissão ter tantas expectativas – até mesmo exigências – em relação a eles e ter tão pouco conhecimento com que trabalhar. Nosso mandado dos povos do mundo não era prevenir doenças mentais, mas eliminar o diabo. Pouco a pouco, no entanto, e sob uma pressão incrível, traçamos um plano, formulado, principalmente, pelo dr. Tarbell.

– Não podemos prometer nada – disse ele. – Tudo o que podemos fazer é usar esta oportunidade para realizar experiências mundiais. A coisa toda é uma suposição, de modo que não fará mal a ninguém supor mais algumas coisas. Vamos supor que o diabo seja como uma doença epidêmica e trabalhar de acordo com isso. Se tornarmos impossível para ele encontrar um lugar confortável em qualquer lugar, talvez ele desapareça, morra ou se mude para algum outro planeta, ou o que quer que o diabo faça, se é que existe um diabo.

Estimamos que equipar todos os homens, mulheres e crianças com um dos fones elétricos custaria aproximadamente 20 bilhões de dólares, e cerca de mais 70 bilhões de dólares por ano para as baterias. Em termos de guerras modernas, o preço estava correto. Mas logo descobrimos que as pessoas não estavam inclinadas a ir tão longe para qualquer coisa menos do que matar umas às outras.

A técnica da Torre de Babel, então, pareceu a mais prática. Conversar é barato. Assim, a primeira recomendação da UNDICO foi que fossem montados centros no mundo todo e que as pessoas fossem estimuladas de uma forma ou outra, de acordo com os métodos nativos de coerção – uma grana fácil, uma baioneta, medo da danação –, a ir regularmente a esse centro para desabafar sobre sexo e a própria infância.

A reação a essa primeira recomendação, esse primeiro sinal de que a UNDICO pretendia realmente ir atrás do diabo de modo sistemático, revelou uma profunda contracorrente de mal-estar na correnteza de entusiasmo. Houve restrições da parte de muitos líderes, e objeções vagas foram destacadas em termos confusos como "ir de encontro à nossa grande herança nacional pela qual nossos antepassados se sacrificaram resolutamente ao...". Ninguém foi imprudente o bastante para querer parecer

um defensor do diabo, mas, ainda assim, o tipo de cautela recomendado por muitos ocupantes de altos cargos trazia uma forte semelhança com a completa inércia. Inicialmente, o dr. Tarbell achava que a reação se devia a medo – medo da retaliação do diabo pela guerra que queríamos fazer contra ele. Mais tarde, depois que teve tempo de estudar os integrantes e as declarações da oposição, disse, contente:
 – Puxa vida, eles acham que temos chance. E estão todos morrendo de medo de que não terão chance de ser muito mais do que um caçador de cães se o diabo não estiver à solta no meio das massas.

Mas, como eu disse, nós sentíamos que tínhamos menos de uma chance em um trilhão de mudar o mundo muito mais do que um nada. Graças a um acidente e à contracorrente da oposição, as chances logo saltaram a um octilhão para um.

Pouco depois da primeira recomendação da Comissão, aconteceu o acidente.

– Qualquer idiota conhece a forma mais fácil e rápida de se livrar do diabo – sussurrou um delegado americano a outro na Assembléia Geral da ONU. – É simples. Basta explodi-lo e mandá-lo para o inferno em seu quartel-general no Kremlin. – Ele estava muito enganado ao pensar que o microfone à sua frente estava desligado.

Seu comentário foi transmitido pelo sistema de alto-falantes e obedientemente traduzido para quatorze línguas. A delegação russa saiu e telegrafou para casa em busca de uma reação adequada. Duas horas mais tarde, voltaram com uma nota oficial:

"O povo da União das Repúblicas Socialistas Soviéticas retira por meio desta todo o apoio à Comissão de Investigações Demonológicas das Nações Unidas por ser um assunto interno dos Estados Unidos da América. Cientistas russos concordam integralmente com as descobertas do Instituto Pine quanto à presença do diabo através de todos os Estados Unidos. Utilizando as mesmas técnicas experimentais, esses cientistas não encontraram quaisquer sinais de qualquer espécie de atividades do diabo dentro dos limites

da União Soviética e, por conseguinte, consideram o problema como sendo unicamente americano. O povo da União Soviética deseja ao povo dos Estados Unidos da América sucesso em seu difícil empreendimento, que eles possam estar todos preparados para se tornar membros permanentes na família das nações amigas."

Nos Estados Unidos, a reação instantânea foi declarar que qualquer esforço por parte da UNDICO neste país significaria uma maior propaganda de vitória para a Rússia. Outros países fizeram o mesmo, declarando já estarem livres do diabo. E esse foi o fim da UNDICO. Sinceramente, fiquei aliviado e encantado. A UNDICO estava começando a ficar parecida com uma verdadeira dor de cabeça.

Esse foi também o fim do Instituto Pine, já que Pine estava completamente duro e não teve outra escolha senão fechar as portas em Verdigris. Quando o fechamento foi anunciado, as centenas de hipócritas que encontraram riqueza e descanso em Verdigris invadiram meu escritório, e eu fugi para o laboratório do dr. Tarbell.

Quando entrei, ele estava acendendo o charuto com um ferro de solda quente. Fez um sinal com a cabeça e apertou os olhos através da fumaça do charuto para os demonólogos demissionários que perambulavam no jardim logo abaixo.

– Já estava na hora de nos livrarmos da equipe para conseguirmos trabalhar um pouco.

– Nós dançamos também, você sabe disso.

– Neste momento, não preciso de dinheiro – disse Tarbell.

– Preciso de eletricidade.

– Então é bom se apressar... O último cheque que enviei à companhia de eletricidade era frio como gelo. No que é que você está trabalhando, afinal?

Ele soldou uma conexão à caixa de cobre, que tinha aproximadamente um metro e vinte de altura, um metro e oitenta de diâmetro e uma tampa em cima.

– Eu vou ser o primeiro aluno do MIT a enfrentar as Cataratas do Niágara num caixote. Você acha que dá para viver com isso?

– Estou falando sério.
– Que rapaz sóbrio. Primeiro me leia uma coisa em voz alta. Esse livro aí... Está vendo o marcador?

O livro era um clássico no campo da magia, *O ramo de ouro*, de *Sir* James George Frazer. Abri onde estava marcado e encontrei uma passagem sublinhada. Era a passagem que descrevia a Missa de Saint Sécaire, ou a Missa Negra. Li em voz alta:

– "A Missa de Saint Sécaire só pode ser rezada numa igreja destruída ou deserta, onde corujas piam, onde morcegos voam ao crepúsculo, onde ciganos passam a noite e onde sapos saltam sob o altar profanado. Para lá o mau padre vai à noite... E à primeira batida das onze horas, ele começa a murmurar a missa ao contrário, e termina exatamente quando os relógios estão tocando à meia-noite... A hóstia que ele abençoa é negra e tem três pontos; ele não consagra o vinho, em vez disso bebe a água de um poço no qual o corpo de um bebê pagão foi lançado. Ele faz o sinal da cruz, mas no chão, com o pé esquerdo. E faz muitas outras coisas que nenhum bom cristão poderia ver sem ficar cego, surdo e mudo pelo resto da vida". Nossa! – eu exclamei.

– Deve atrair o diabo como um alarme de incêndio atrai os bombeiros – disse o dr. Tarbell.

– O senhor certamente não acredita que isso funcionaria.

Ele encolheu os ombros.

– Eu não tentei. – As luzes se apagaram de repente. – Pronto – suspirou, largando o ferro de solda. – Bem, não há mais nada que possamos fazer aqui. Vamos sair e encontrar um bebê pagão.

– Você não vai me contar para o que é a caixa?

– É evidente: uma armadilha para o diabo, é claro.

– Naturalmente. – Sorri com ar incerto e me afastei daquilo.

– E você vai usar bolo de chocolate como isca.

– Uma das principais teorias que sairão do Instituto Pinc, meu garoto, é a de que o diabo é completamente indiferente a bolos de chocolate. No entanto, temos certeza de que ele não é indiferente à eletricidade e, se pudéssemos pagar a conta da luz, poderíamos fazer a eletricidade fluir pelas paredes e pela tampa desta caixa. Assim, tudo o que precisamos fazer, depois que o diabo estiver lá dentro, é acionar o interruptor e pronto. Talvez. Quem sabe? Quem já foi louco o bastante para tentar fazer isso? Mas, primeiro, como diz a receita de cozido de coelho, apanhe seu coelho.

Eu esperava ter visto o fim da demonologia por um tempo, e desejava seguir em frente com outras coisas. Mas a tenacidade do dr. Tarbell me inspirou a ficar com ele, para ver aonde a sua "diversão inteligente" o levaria a seguir.

Então, seis semanas depois, o dr. Tarbell e eu, puxando a caixa de cobre num carrinho e soltando fio de um carretel nas minhas costas, estávamos certa noite descendo por uma colina até a base do Vale Mohawk, à vista das luzes de Schenectady.

Entre nós e o rio, capturando a imagem da lua cheia e lançando-a em nossos olhos, estava um pedaço abandonado do velho canal de navios, agora inútil, substituído por canais escavados no rio, cheio de água parada e salobra. Ao seu lado, as edificações de um velho hotel que um dia servira aos barqueiros e viajantes no hoje esquecido canal.

Ao lado das fundações, uma armação de igreja sem telhado.

O velho campanário estava desenhado contra o céu noturno, resoluto, indomável, numa paróquia de podridão e fantasmas. Quando entramos na igreja, um rebocador levando barcos em algum lugar rio acima soou a buzina, e o som veio até nós, ecoando pela arquitetura do vale, funérea, grave.

Uma coruja piou, e um morcego zuniu por cima das nossas cabeças. O dr. Tarbell rolou a caixa até um ponto diante do altar. Liguei o fio que vinha esticando a um interruptor e o conectei, através de mais seis metros de fios, à caixa. A outra ponta do fio estava presa aos circuitos de uma casa de fazenda na encosta.

– Que horas são? – sussurrou o dr. Tarbell.

– Cinco para as onze.

– Que bom – disse ele, baixinho. Estávamos os dois morrendo de medo. – Agora, escute aqui, eu não acho que nada vai acontecer, mas, se acontecer... Quer dizer, conosco... Deixei uma carta na casa da fazenda.

— Então somos dois — disse eu. Segurei seu braço. — Olhe só... Quem sabe cancelamos tudo? — pedi. — Se realmente existe um diabo, e continuarmos tentando encurralá-lo, ele certamente irá se voltar contra nós... E não há como saber o que ele faria!

— Você não precisa ficar — disse Tarbell. — Acho que consigo acionar o interruptor.

— O senhor está determinado a ir até o fim?

— Por mais apavorado que esteja — ele respondeu.

Suspirei forte.

— Tudo bem. Deus lhe ajude. Eu vou cuidar do interruptor.

— Certo — disse ele, sorrindo desanimado. — Vista os seus fones protetores e vamos lá.

Os sinos de um relógio de campanário em Schenectady começaram a bater onze horas.

O dr. Tarbell engoliu em seco, subiu no altar, chutou para o lado um sapo e deu início à assustadora cerimônia.

Havia passado semanas lendo seu papel e o ensaiando enquanto eu havia ido em busca de um local adequado e dos acessórios macabros. Não havia encontrado um poço no qual um bebê pagão havia sido arremessado, mas encontrei outros itens da mesma categoria que pareciam assustadores o bastante para serem substitutos satisfatórios aos olhos do mais depravado dos demônios.

Agora, em nome da ciência e da humanidade, o dr. Tarbell punha todo o seu coração e a sua alma na execução da Missa do Saint Sécaire, fazendo, com uma expressão de horror no rosto, aquilo que nenhum bom cristão poderia ver sem ficar cego, surdo e mudo.

Eu de alguma forma sobrevivi com bom senso e suspirei de alívio quando o relógio de Schenectady soou a meia-noite.

— Apareça, Satã! — gritou o dr. Tarbell quando o relógio soou. — Ouça seus servos, Senhor da Noite, e apareça!

O relógio batcu pela última vez, e o dr. Tarbell desmoronou contra o altar, exausto. Ele se endireitou depois de um instante, encolheu os ombros e sorriu.

— Que diabos — disse ele —, a gente nunca sabe se não tentar.

— Removeu os fones.

Peguei uma chave de fenda, preparando-me para desconectar os fios.

— E isso, espero, realmente põe um fim à UNDICO e ao Instituto Pine — eu disse.

— Bem, ainda tenho mais algumas idéias — disse o dr. Tarbell. E então uivou.

Ergui o olhar para vê-lo de olhos arregalados, assustado, tremendo todo. Ele estava tentando dizer alguma coisa, mas tudo o que saiu foi um gorgolejo estrangulado.

Então teve início a mais fantástica luta que qualquer homem jamais verá. Dezenas de artistas tentaram retratar a imagem, mas, por mais salientes que pintem os olhos de Tarbell, por mais vermelho que pintem seu rosto, por mais nodosos que pintem seus músculos, eles não conseguem recapturar um fragmento do heroísmo do Armagedom.

Tarbell caiu de joelhos e, como se estivesse sendo esticado por correntes sendo seguradas por um gigante, começou a se aproximar lentamente da caixa de cobre. O suor ensopava suas roupas, e ele só conseguia arfar e gemer. Repetidamente, quando fazia uma pausa para recuperar o fôlego, era puxado para trás por forças invisíveis. E ele voltava a se ajoelhar e ser jogado para frente, desequilibrado, centímetros adiante.

Afinal, chegou à caixa, levantou-se com um esforço assombroso, como se estivesse carregando tijolos, e se jogou pela abertura. Eu podia escutá-lo raspando no isolamento do lado de dentro, e sua respiração foi amplificada na câmara, aterradora.

Fiquei embasbacado, incapaz de acreditar ou compreender o que havia visto ou de saber o que fazer em seguida.

— Agora! — gritou o dr. Tarbell de dentro da caixa. Sua mão surgiu por um instante, fechou a tampa, e mais uma vez ele gritou, parecendo distante e fraco. — Agora.

E então compreendi e comecei a tremer, e uma onda de náusea tomou conta de mim. Compreendi o que ele queria que eu fizesse, o que estava pedindo com o último fragmento de sua alma que estava sendo consumido pelo diabo dentro dele.

Então travei a tampa do lado de fora e desliguei o interruptor.

Graças a Deus que Schenectady ficava perto. Liguei para um professor de engenharia elétrica da Faculdade Union e, em 45 minutos, ele havia desenvolvido e instalado uma rudimentar câmara de ar comprimido, através da qual ar, comida e água podiam ser oferecidos ao dr. Tarbell, sempre mantendo, no entanto, uma barreira eletrificada à prova de diabo entre ele e o lado de fora.

É certo que o aspecto mais desolador da trágica vitória sobre o diabo é a deterioração da mente do dr. Tarbell. Nada restou daquele esplêndido instrumento. Em vez disso, há algo que usa a sua voz e o seu corpo, que chantageia e tenta ganhar simpatia e liberdade gritando, entre outras mentiras, que Tarbell havia sido jogado dentro da caixa por mim. Se posso dizer, o meu papel não foi desempenhado sem dor ou sacrifício.

Como o caso Tarbell é, infelizmente, controverso, e como, por razões de propaganda, nosso país não pode admitir oficialmente que o diabo foi apanhado aqui, a Fundação Protetora Tarbell não recebe subsídios governamentais. O custo de manter a armadilha de diabo e seu conteúdo tem sido proveniente de doações de indivíduos de espírito público como você.

As despesas e propostas de despesa da Fundação são extremamente modestas em proporção ao valor recebido por toda a humanidade. Não fizemos mais para melhorar a infra-estrutura além do que pareceu absolutamente necessário. A igreja recebeu telhado, pintura, isolamento e cerca, e madeiras podres foram substituídas por novas, e um sistema de aquecimento e outro de gerador auxiliar foram instalados. Você há de concordar que todos esses itens são essenciais.

No entanto, apesar dos limites que estabelecemos para os nossos gastos, a Fundação considera que seu tesouro está sendo terrivelmente sugado pelos ataques da inflação. O que havíamos separado para pequenas melhorias foi gasto em simples manutenção. A Fundação emprega um quadro reduzido de três auxiliares pagos que trabalham em turnos o dia todo, alimentando o dr. Tarbell, afastando aventureiros e mantendo o equipamento elétrico vital. Essa equipe não pode ser reduzida sem atrair o incomparável desastre da vitória do Armagedom se transformando em derrota num único instante de descuido. Os diretores, inclusive eu, trabalham sem compensação.

Como há uma necessidade maior, além da simples manutenção, devemos ir em busca de novos amigos. É por isso que estou lhe escrevendo. Os alojamentos imediatos do dr. Tarbell foram aumentados desde aqueles primeiros meses aterrorizantes dentro da caixa, e agora compreendem uma câmara isolada com paredes de cobre com dois metros e meio de diâmetro e um metro e oitenta de altura. Mas este é, há que se admitir, um lar miserável para o que resta do dr. Tarbell. Temos esperanças de conseguirmos, através de corações abertos e mãos como as suas, expandir seus alojamentos para incluir um pequeno estúdio, um quarto e um banheiro. E uma pesquisa recente indica que há muitas esperanças de lhe dar uma janela panorâmica eletrificada, embora o custo vá ser grande.

Mas qualquer que seja o custo, não podemos fazer sacrifícios à altura do que o dr. Tarbell fez por nós. E, se as contribuições dos novos amigos como você forem grandes o bastante, esperamos, além de expandir os alojamentos do dr. Tarbell, construir um monumento adequado do lado de fora da igreja, exibindo um retrato e as palavras imortais que ele escreveu numa carta horas antes de vencer o diabo:

"*Se eu obtive sucesso esta noite, então o diabo não está mais entre os homens. Não posso fazer mais nada. Agora, se outros livrarem a Terra da vaidade, da ignorância e da ganância, a humanidade poderá viver feliz para sempre. – dr. Gorman Tarbell.*"

Nenhuma contribuição é pequena demais.

Respeitosamente seu,
dr. Lúcifer J. Mefisto
Presidente do Conselho

> WHERE DO I GET MY IDEAS FROM?
> YOU MIGHT AS WELL HAVE ASKED
> THAT OF BEETHOVEN. HE WAS
> GOOFING AROUND IN GERMANY
> LIKE EVERYBODY ELSE, AND
> ALL OF A SUDDEN THIS STUFF
> CAME GUSHING OUT OF HIM.
> IT WAS MUSIC.
> I WAS GOOFING AROUND LIKE
> EVERYBODY ELSE IN INDIANA,
> AND ALL OF A SUDDEN STUFF
> CAME GUSHING OUT. IT WAS
> DISGUST WITH CIVILIZATION.
>
> 1/58

De onde tiro as minhas idéias? Você pode muito bem ter feito a mesma pergunta para Beethoven. Ele estava de bobeira na Alemanha como todo mundo e, de repente, uma coisa começou a brotar dele.

Era música.

Eu estava de bobeira como todo mundo em Indiana e, de repente, uma coisa começou a brotar. Era nojo da civilização.

Lista de ilustrações

Capa: Auto-retrato – cortesia de Kurt Vonnegut & Origami Express LLC.

Pág. 15-17: Carta de Kurt Vonnegut – cortesia do Fundo Kurt Vonnegut Jr.; fac-símile cedido pela Indiana Historical Society.

Pág. 20: "Back Door" (Porta de Trás) – cortesia de Kurt Vonnegut & Origami Express LLC.

Pág. 34: Croqui – cortesia de Edie Vonnegut.

Pág. 45: "Confetti #44" (Confete #44) – cortesia de Kurt Vonnegut & Origami Express LLC.

Pág. 46: Croqui – cortesia de Kurt Vonnegut & Origami Express LLC.

Pág. 65: "Confetti #62" (Confete #62) – cortesia de Kurt Vonnegut & Origami Express LLC.

Pág. 66: Croqui – cortesia de Edie Vonnegut.

Pág. 81: "Civil Defense" (Defesa Civil) – cortesia de Kurt Vonnegut & Origami Express LLC.

Pág. 82: Croqui – cortesia de Edie Vonnegut.

Pág. 91: "Confetti #36" (Confete #36) – cortesia de Kurt Vonnegut & Origami Express LLC.

Pág. 92: Croqui – cortesia de Edie Vonnegut.

Impressão e Acabamento

Pág. 101: "Confetti #46" (Confete #46) – cortesia de Kurt Vonnegut & Origami Express LLC.

Pág. 102: Croquis – cortesia de Edie Vonnegut.

Pág. 119: "November 11, 1918" (11 de novembro de 1918) – cortesia de Kurt Vonnegut & Origami Express LLC.

Pág. 120: Croqui – cortesia de Eddie Vonnegut.

Pág. 125: "Confetti #56" (Confete #56) – cortesia de Kurt Vonnegut & Origami Express LLC.

Pág. 126: Croqui – cortesia de Edie Vonnegut.

Pág. 133: "Trust Me" (Confie em Mim) – cortesia de Kurt Vonnegut & Origami Express LLC.

Pág. 134: Croquis – cortesia de Edie Vonnegut.

Pág. 155: "Confetti #50" (Confete #50) – cortesia de Kurt Vonnegut & Origami Express LLC.

Pág. 156: Croqui – cortesia de Edie Vonnegut.

Pág. 177: "Big Goodbye" (Grande Adeus) – cortesia de Kurt Vonnegut & Origami Express LLC.

Pág. 178: Croqui – cortesia de Edie Vonnegut.

Pág. 197: "Confetti #8" (Confete #8) – cortesia de Kurt Vonnegut & Origami Express LLC.